인생이라는
꽃밭을 청소합니다

인생이라는
꽃밭을 청소합니다

조현옥 지음

작가와비평

내 손길이 닿은 곳마다
빛이 나고 깨끗해지는 것을 보며
보람을 느낀다.

작가의 말

얼마 전부터 장구를 배우기 시작했습니다. 장구를 치며 우리 가락을 몸으로 타면 절로 어깨가 들썩거립니다. 우리 가락과 노래들은 세상 이치를 어쩌면 그토록 절절한 가사에 녹여냈을까 감탄이 절로 납니다. 우리 가락에 몸을 맡기면 세 시간이 금방 지나갑니다. 이제라도 우리 가락에 맞춰 어깨춤을 추면서 즐겁게 살고 싶습니다.

70년을 넘게 살아오면서 언제 내 몸에, 내 마음에, 이처럼 흥겨운 가락을 선물해 본 적이 있었나 자문해 봅니다. 단 한 번도 내게는 그런 시간이 없었습니다. 그래서 지금 칠순을 넘기고서야 취미로 배우는 장구가 더 소중하게 느껴집니다.

저마다 처한 삶이라는 무대에서 개개인이 느끼는 리듬에 따라 각자의 춤을 추며 살고 있습니다. 내가 그동안 춤을 추었다면 기쁨을 느끼는 춤보다 절망과 회한과 막막함이 가득찬 몸짓이었을 테지요. 이제서야 인생이란 무대 위에 온전히 나를 드러내놓고 신명나게 춤을 추고 싶습니다. 어느새 인생칠십고래희를 넘겨 우리 가락을 느낄 나이가 되었고, 한의 문화라는 우리의 정서를 이제 수용할 수 있는 나이가 되었습니다.

볕이 강하면 그늘이 짙은 것은 진리입니다. 지나온 내 삶이 깊은 그늘이었기에 이제부터 장구채를 쥐고 신바람나게 볕을 향해 나가기로 했습니다. 그렇게나마 이제라도 어둠 속에서 헤맨 내 인생에 보답을 해 주어야겠다는 생각이 장구채를 쥔 순간부터 생겼습니다.

덩더꿍! 덩더꿍! 덕꿍! 덕꿍! 덩더꿍!

70이 넘은 인생에 흥을 느끼게 해준 것이 장구라면, 오늘의 내가 있기까지 마음의 빛을 잃지 않게 해준 건 청소입니다. 오늘도 새벽에 출근해서 더러운 곳들을 치우고 깨끗이 닦으며 일을 끝내고 취미를 더 행복하게 즐기기 위해 청소에 최선을 다합니다. 내 마음과 몸에 쌓인 먼지도 청소하는 마음으로 털어내며 마음걸레로 깨끗이 닦고 더 즐겁게 장구채를 쥐려고 합니다.

이 책은 그동안의 어두웠던 삶을 되돌아보며 내가 겪은 수많은 일들을 풀어 낸 이야기입니다. 고통스럽고 암담하고 절망뿐이던 순간들이 모여 지금의 나를 만들었지만 좌절하지 않고 언제나 오뚜기처럼 일어섰습니다.

이 책을 통해 그러한 이야기들을 여러분과 나누고 싶습니다. 결코 내 이야기가 자랑스러워서 책으로 묶은 것은 아닙니다. 세상에는 이런 삶도 있구나 하고, 이 책을 통해 위로를 받고 삶을 지혜롭게 살 수 있는 반면교사가 된다면 더 바랄 것이 없겠습니다.

인간으로 단 한 번 주어지는 삶이 누구는 가치가 있고, 누구는 가치가 없다고 말할 수는 없으니까요. 하지만 후회 없는 삶이란 없다고 생각합니다. 일회성의 삶에서 만족보다는 후회가 더 많은 게 인생살이라고 생각합니다.

그래서 내가 살아낸 세월을 기록하고 싶었습니다. 개인의 역사가 사회의 역사가 되고, 나라의 역사가 되고, 시대의 역사가 된다는 생각을 하면, 초라하지만 용기를 낸 나 스스로에게 칭찬을 하고 싶습니다. 어쩌면 인생은 한평생 지구라는 거대한 집에 살면서 쓰레기를 남기는 일일 수 있습니다. 청소는 그 지구를 지키는 성스러운 일이

라고 생각하면서 이 책이 누군가에게 위로와 격려가 되
길, 또 누군가에게는 실수를 하지 않겠다는 삶의 거울이
되길 바랍니다. 끝으로 이 책이 나오기까지 물심양면으
로 도움을 주신 가재산 회장님, 문영숙 작가님, 김영희 작
가님 그리고 흔쾌히 출간을 해준 작가와비평 출판사에게
감사의 말씀을 전합니다.

　　오늘도 인생이라는 꽃밭을 청소하며 주변과 내 몸을 챙
길 수 있음에 감사합니다.

2024년 초가을
글쓴이 조현옥

목차

2부 좌절할 때마다 청소를

1부

꿈 많던 어린 시절

전쟁통에도 아기는 태어난다

한국전쟁이 일어난 지 몇 달 후에 내가 태어났다. 나의 첫울음을 울린 동네는 서울의 한복판이라 할 수 있는 신당동이었다. 신당동에는 일본식 집들이 많았다. 한양 도성 바로 밖이었기 때문에 일제강점기 일본인들은 도성과 가까운 동네에 일본식 집을 지었다. 일본 사람들은 터를 넓게 잡고 대부분 붉은 벽돌로 집을 지었다. 일본식 집은 지붕에 구운 기와를 얹어 운치를 더하는 점이 특징이었는데, 구운 기와는 밟아도 깨지지 않고 단단했다. 일본식 집들은 정원수를 많이 심어 경치도 좋았다. 특히 창문이 무척 많아서 봄이 되면 문틀에 하얀 페인트를 칠했는데 그 모습이 어린 아이의 눈에도 정갈하게 보였다. 정원수로는 보통 단풍나무와 향나무를 많이 심었고 단풍나무는 대칭으로 심는 게 일반적이었다. 한쪽에는 붉은 단풍나무, 한쪽에는 노란 단풍나무를 심었다. 이 단풍나무들은 봄에 새싹이 나올 때도 정반대의 색이었다. 가을에 노랗게 물드는 단풍은 봄에 빨갛게 새잎이 돋고, 가을에 빨갛게 물드는 단풍은 새잎이 연초록이었다. 그래서 대부분의 일본식 집들은 봄과 가을 두 계절 다 색감이 대비되어 더욱 멋졌다. 해방이 된 후 일본인들은 자기 나라인 일본으로 돌아가고 대부분 부자들이나 기득권자들이 그 일본식 집을 차지했다. 사람들은 일본식 집을 적산가옥이라고 불렀다.

아버지가 신당동에 터를 잡게 된 것은 큰아버지 덕분이었다. 원래 나의 친가는 대전 근처 유성이었다. 큰아버지는 일찍 서울로 올라와 집 짓는 일을 시작했다. 그 후 큰아버지가 아버지를 서울로 불러서 자신의 건축회사 일을 돕게 했다. 당시 건축업은 꽤 잘나가는 사업이었다. 그럴 수밖에 없는 것이 "말은 태어나면 제주도로 보내고, 사람은 태어나면 서울로 보내라."는 말이 유행하던 시절이었다. 젊은 사람들은 서울로 또 서울로 일자리를 찾아 밀려 올라왔다.

서울에 몰려드는 사람들의 첫 번째 목표는 내 집을 가져보는 것이었다. 큰아버지는 사업이 점점 번창하게 되었고, 아버지도 큰아버지 밑에서 열심히 일하며 돈을 모으기 시작했다. 그 일터에서 같이 일하는 사람 중에 아버지를 유독 눈여겨보는 사람이 있었는데, 바로 나의 외할아버지가 될 분이었다. 아버지는 키도 크고 이목구비가 잘생겨서 보는 사람마다 미남이라는 말을 많이 했는데, 당시 (미래의) 외할아버지는 아버지를 보자마자 당신의 사윗감이면 좋겠다는 생각이 들었다고 했다. 결국 외할아버지는 나의 아버지를 사윗감으로 점찍고 급기야 딸을 주겠다고 했다. 그렇게 아버지는 외할아버지의 선택으로 지금의 어머니와 결혼을 해서 내 아버지가 된 것이었다.

아버지는 그때 나이가 많았는데 열심히 일을 해서 돈을 모아 집을 산 후에 결혼할 생각이었다고 했다. 내 집을 갖고 아내를 맞을 생각이었지만, 바로 그 무렵 어느 날 외할아버지가 사위로 삼고 싶다며 서둘러 아버지에게 딸을 시집보내겠다고 말했다. 그 시절 혼인풍습은 당사자의 의중보다는 어른들이 일방적으로 짝 지어주는 대로 결혼을 할 때라서, 어머니는 당신의 아버지가 시키는 대로 아버지에게 시집을 오게 된 것이었다.

어머니의 친정은 가난했다. 그 시절엔 모두가 가난해서 식구 중 한 사람이라도 밥숟가락을 덜기 위해 딸을 일찍 시집보내는 경우가 많았다. 외할아버지도 딸을 그렇게 시집을 보낸 것이었다. 그때 어머니의 나이 겨우 열일곱 살이었다고 한다. 아버지의 나이가 스물다섯이었으니 신랑감으로는 꽤 나이가 든 상태였고, 어머니와는 무려 여덟 살이나 차이가 났다.

아버지는 키도 크고 체격도 건장한데 어머니는 키도 작고 지금으로 치면 여린 소녀나 다름없어서, 결혼을 한 후에도 아버지만 보면 무섭고 곁에 가기가 겁이 났다고 한다. 하지만 아버지는 어머니를 만난 것에 만족했고, 처음에는 아버지를 무서워하던 어머니도 차차 시간이 지나면서 남편으로 받아들여 잉꼬부부가 되어 갔다.

아버지는 성실히 일을 해서 돈도 벌고 장가까지 갔으니 더 열심을 내서 드디어 신당동에 집을 마련했다. 그것도 당시에 모두가 살고 싶어 하는 적산가옥이었다. 당시 나의 부모님은 둘만의 보금자리를 스스로 마련했다는 자부심이 대단했다고 한다.

그러나 1950년 6월 25일 한국전쟁이 일어났다. 아버지는 그날 일요일이라 집에 있었는데 아침부터 확성기 소리가 요란했다고 자주 말씀하셨다. 무슨 일인가 싶어 거리로 나갔더니 사람들이 라디오 가게 앞에 줄을 서 있어서 아버지도 그들 틈에 비집고 들어가 귀를 기울였다.

긴급방송이라는데 방송이 거의 끝나갈 무렵에 도착하여 제대로 듣지 못해서 사람들에게 물으니 괴뢰군이 3.8선을 넘어 진격해 온다는 내용이었다며, 그때만 해도 별일 아니겠지 했단다. 하지만 시간이 갈수록 차차 사람들이 술렁이기 시작했다.

일요일이라 서울운동장에서는 야구 경기가 한창이었다. 북한 괴뢰군의 침입으로 경기를 중단한다는 방송을 하자, 구경하러 갔던 사람들이 한꺼번에 몰려나오면서 서울운동장 근처가 상당히 소란스러워졌다. 그 무렵 지프차 한 대가 확성기를 틀고 시내를 돌아다니며 큰 소리로 뭐라고 떠들었는데, 자세히 들어보니 모든 군인들은 빨리 원대 복귀하라는 내용이었다고 한다.

아버지는 무슨 일이 있긴 있나보다 하면서 급히 집으로 향한 뒤 어머니에게 안심하라 이르고 상황을 자세히 알기 위해 큰아버지 댁으로 갔다. 큰집도 방송을 들었다며 별일이야 있겠냐고 대수롭지 않게 여겼다. 저녁을 먹고 서울운동장 쪽으로 나가 본 아버지는 전쟁이 일어났다는 것을 그때부터 실감했다고 한다. 밤인데도 군인을 태운 트럭, 자동차, 지프차 등이 급하게 북쪽으로 달리고 있었다. 아버지는 생전 처음 보는 군인 차량 행렬을 보면서 무척 긴장되었다고 회상했다.

그러나 서울에 살던 사람들은 사흘 후에야 진정으로 전쟁을 실감할 수 있었다. 아버지도 6월 28일이 되어서야 가끔 지축을 울리는 듯한 굉음을 들었다. 그때부터 라디오를 옆에 두고 방송을 들으며 방송 내용을 그대로 믿었다고 한다. 방송에서는 "국군이 적군을 3.8선 밖으로 밀어냈다", "곧 미군이 참전하니까 하루만 버텨달라", "국군이 의정부를 탈환했다"라고 떠들었는데, 의정부 쪽에서 피난민들이 서울운동장 쪽으로 계속 밀려와 방송 내용이 정말 맞는지 의심이 들었다고 한다. 아버지뿐만 아니라 큰집에서도 방송 내용이 갈팡질팡하니 어디까지가 진실인지, 뭘 믿어야 할지 몰랐다.

나흘째 되는 날은 "정부를 잠시 수원으로 옮긴다"고 했다가 금세 오보라고 하여 도무지 종잡을 수가 없었다고 한다. 더구나 아주 가까운 곳에서 콩 볶는 듯한 총소리가 들렸다는데 아버지는 어머니가 가장 걱정되었다. 아니, 어쩌면 어머니의 뱃속에 있는 내가 더 걱정되었는지도 모른다.

아버지의 일터도 더 이상 일을 할 수 없었다. 여기저기서 포탄 터지는 소리가 점점 자주 들려서 인부들도 피난을 가는 사람들이 많이 생겼다. 파출소는 급히 피난을 갔는지 아니면 전선으로 징집이 되었는지 텅 비어 있었다. 며칠 후부터 서울 거리에 붉은 깃발을 흔들며 노래를 부르는 청년들이 붉은 완장을 차고 돌아다녔다. 폭격으로 부서진 경찰서와 파출소들이 점점 늘어났다. 서울의 분위기가 금세 뒤숭숭해졌다. 탱크를 앞세운 북한군이 사흘 만에 서울을 점령했다는 사실을 나중에야 알았다고 한다. 서울에 살던 사람들은 급히 집을 버리고 피난을 가야 한다고 했다. 큰아버지도 사업을 접고 유성으로 내려

가야 하나, 그대로 서울에 머물러야 하나 고민이 많았다.

아버지와 어머니도 피난을 가야 하느냐, 그대로 서울에 머무르느냐를 두고 심각하게 고민했다. 다른 사람에 비해 늦게 장가를 간 아버지는 어머니가 임신했다고 말했을 때, 어린아이처럼 방방 뛸 정도로 좋아했다고 한다. 어머니는 나를 임신하고 있을 때 입덧이 심해서 잘 먹지도 못해 힘들어 했는데, 그런 어머니를 데리고 피난을 떠나는 것이 더 위험하다고 생각한 아버지는 피난을 가지 않고 서울에 남기로 했다.

그러는 사이 한강 다리가 끊어졌다. 이제 피난길은 더 위험해진 상황이었다. 아버지는 북한군이 서울을 점령했지만 똑같은 사람인데 무슨 일이야 있겠나 생각하고 오히려 피난가지 않은 것을 다행으로 여겼다.

어머니의 배는 점점 불러오고 입덧은 갈수록 심해졌다. 입덧은 보통 임신 초기에만 하는 편인데, 어머니는 나를 가진 열 달 내내 입덧을 했다고 한다. 아버지는 남편으로서 아내와 뱃속에 있는 아이를 지켜야 한다는 신념이 점점 더 강해졌다. 아내가 제대로 먹지도 못하는데 피난길에 나섰다가 자칫 아프기라도 하면 더 큰 일이라는 생각이 앞섰다. 그래서 쌀까 말까 망설이던 피난 보따리를 풀고 서울에 남기로 한 것이다.

그때 아버지의 생각은 전쟁이 곧 끝날 줄 알았다고 했다. 그러나 그 판단은 점점 더 불안으로 바뀌었다. 아버지와 함께 일하던 사람 중 심부름을 하던 밑에 사람들이 어느 날부터 빨간 완장을 차고 마치 벼슬이라도 한 양 활개를 치고 다녔다고 했다. 북한군의 손아귀에 들어간 서울은 물자가 제대로 돌아가지 않아 일상생활에 위협을 받았다. 식량도 언제 떨어질지 모르니 최대한 절약해야 했다. 어머니의 얼굴은 점점 더 핼쑥해지고 아버지의 마음은 새까맣게 타들어 갔다.

친구들에 비해 결혼이 늦었던 아버지는 자식에 대한 욕심이 강했고, 어머니의 출산에 대해 지나칠 정도로 초조해했다. 아버지의 관심은 오로지 어머니가 온전하게 출산할 수 있을까였다고 한다.

며칠 후 서울에 탱크가 나타났다. 아버지는 탱크라는 것을 본 일도 없는데 분명 괴뢰군의 탱크가 틀림없겠구나 싶어 더 불안했다고 한다. 당시 우리나라에는 탱크가 한 대도 없었으니 보나 마나 괴뢰군이 탱크를 몰고 쳐내

려온 것인데, 나중에서야 소련제 탱크라는 것을 알게 되었단다. 가끔 공습경보가 울리고 총소리가 잦으면 아버지는 어머니와 함께 지하실로 피신했다가 잠잠해지면 다시 올라오기를 반복하며 하루하루 배가 불러가는 어머니를 보살폈다.

폭격을 뚫고 세상 밖으로

서울이 고립되고 나니 모든 물가가 치솟았는데 그 중에서 삶과 직결되는 쌀값이 더 많이 뛰었다. 북적거리던 시장은 텅 비었고 부서진 건물들이 늘어났다. 붉은 완장을 찬 젊은이들은 〈김일성 장군의 노래〉, 〈해방의 노래〉 등을 아이들에게 가르치기 시작했다.

아버지는 의용군 강제모집에 붙잡혀 나갈까봐 낮에는 지하실에서 숨어 지냈다. 일본식 집이라 지하실이 있는 게 천만다행이었다. 아버지는 만삭이 되는 아내를 두고 의용군에 징집되면 큰일이라며 되도록 외출을 삼갔다.

날마다 인민군이 발행하는 신문에는 괴뢰군이 광주를 점령했고, 여수와 부산도 며칠 후면 완전 점령된다고 실려 있었다. 아버지는 희망이 점점 사라지는 상황에서 아내가 무사히 아이를 낳아야 하는데 가난한 외갓집에서는 끼니 때마다 쌀이나 식량을 달라고 찾아와서 힘들었다고 한다.

서울은 빈 도시처럼 썰렁한데 인민군은 지나가는 자전거를 세우고 자주 검문을 했다. 따발총 소리나 폭탄소리가 나면 공습경보를 울리면서 지나가는 교통수단 전부를 세워놓았다고 한다. 공습경보가 해제되면 그제야 움직일 수 있는데 더위와 허기, 공포, 걱정이 뇌리에 깊이 남아 아버지는 가끔 그때를 떠올리며 몸서리를 치곤 했다.

날이 가도 신문에는 인민군이 남쪽까지 거의 점령했다는 소식뿐이었다. 그런데 며칠 후부터 인민군이 아무런 진전이 없다는 보도가 나왔다. 가끔 비행기가 뜨면 공습경보를 발령하곤 했는데, 얼마 후부터는 비행기가 보이지 않는데도 자주 공습경보가 울렸다.

그리고 붉은 완장을 찬 사람들이 가가호호를 방문하여 젊은이들을 의용군으로 보낸다고 했다. 의용군으로 보내지 않으면 건설돌격대로 간다는 소문도 돌았다. 큰아버지는 전쟁이 끝나면 그런 단체에 나갔다가 피해를 입을지도 모른다며 아버지에게 끝까지 숨어 있으라고 당부했다.

얼마 뒤 서울이 아무 일도 없었던 듯 조용했다. 콩 볶듯 하던 총소리도 멈추고 이리저리 바삐 움직이던 차량 행렬도 온데간데없는 게 이상할 정도였다고 한다. 이제 전쟁이 끝났나 싶어서 아버지는 밤에 을지로 쪽에 나가 상황을 지켜보았다. 알고 보니 이미 인민군이 서울을 점령해서 국방군들은 다 남쪽으로 간 상태였다. 부서진 파출소, 피투성이가 된 군인의 시체, 총을 맞아 다친 사람들도 보았다. 달라진 것이 있다면 총소리도 대포소리도 사라진 것이었다.

아버지는 도대체 세상이 어떻게 돌아가는지 알고 싶어서 밤에 몰래 서울역에 가 보았다고 한다. 보통 때 같으면 기차를 기다리는 사람들이 장사진을 치고 있을 텐데 서울역에는 사람 그림자도 찾을 수 없고, 역 건물의 유리창이 모두 박살 나 있더라고 했다. 건물 천장에도 여기저기 큰 구멍이 나 있었고, 사람들의 눈을 피해 남대문 양

키시장에 갔는데 그곳도 너무 한산했다. 아버지는 점점 더 불안해서 집으로 돌아와 곧바로 지하실로 대피했다.

폭격기가 뜰 때마다 등화관제를 해서 사람들은 일찍 불을 꺼야 했다. 그래서 일찍 자는 게 습관이 될 정도였다고 한다. 그렇게 서울이 함락되고 국군은 남쪽으로 피난을 하면서 절체절명으로 버티고 있는데 어느 날부터 서울에서도 총소리가 자주 들렸다. 처음에는 총으로 사람을 쏘는 줄 알았는데 나중에 알고 보니 인민군들이 총소리로 서로 신호를 주고받는 것이었다.

낮에는 인민군들이 서울에 남은 어린애들에게 노래를 가르쳐서 아이들은 무슨 노래인지도 모르고 거리에서 괴뢰군 노래를 부르고 다녔다. 가끔 서울 하늘에 유엔기가 뜰 때도 있었다. 그때마다 인민군들은 서울의 모든 거리를 정지상태로 만들었다. 지나가는 차도, 지나가던 사람도, 자전거도, 모두 세웠다.

날이 갈수록 서울에 사는 사람들에게 전출명령이 떨어졌다. 유엔기가 자주 떠서 언제 폭격을 당할지 모른다는 인민군의 말에 아버지는 가다 죽으나, 남아 있다가 죽으나 마찬가지이니 지하실에서 버티기로 했다. 젊은 사람들은 붙잡히면 의용군으로 나가야 했다. 그런데 유엔기가 떠도 인민군의 말처럼 서울을 폭격하지 않는다며 사람들이 인민군의 말을 믿지 않았다.

그 무렵 '민청'이라는 단체가 생겨 열다섯 살 이상부터 서른다섯 살까지 소집통보가 나왔다. 아버지는 피난을 갔다고 하고 그때부터 아예 서울에 없는 사람이 되어 지하실에서만 살았다. 만약 괴뢰군에게 발각되면 언제 죽을지 모르는 상황이었다.

얼마나 시간이 흘렀을까. 날짜 가는 것도 잘 모를 정도로 아버지는 지하실에서 엄마의 안전을 위해 지내는데, 서쪽에서 자주 조명탄을 쏘아 올리더니 다음 날 인민군들이 집을 비워달라고 요구한다는 소문이 돌았다. 아버지의 가슴은 바짝바짝 타들어 갔다. 어머니는 이제 배가 불러 제대로 걸을 수도 없는데 만약 집을 비워달라는 요구를 거절했다간 무슨 일이 닥칠지 몰랐다.

집을 비워달라는 이유는 유엔군이 서울을 폭격을 할 테니 집을 비우고 북쪽으로 가야 한다는 것이었다. 아버지와 어머니는 혹시 인민군이 찾아와 집을 비우라고 할까봐 거의 날마다 지하실로 내려가 숨어 지내면서 누가 보아도 빈집인 줄 알도록 했다.

그러나 인민군의 말과 달리 유엔기는 서울을 폭격하지는 않았다. 떠도는 소문만 무성했다. 인민군의 말을 안 들었다가 인민재판에 희생된 사람들이 생겨난다고 했다. 아버지의 불안은 점점 더 심해졌다. 우리 집은 빈집인 것처럼 보여야 해서 할머니가 가끔 들러 집안을 돌보는 척 했다.

8월 중순쯤 열다섯 살 이상의 남자는 전원 모이라는 전갈이 왔다. 그때 할머니가 집에 있었는데, 할머니는 큰아버지와 아버지가 남쪽으로 피난을 갔다고 거짓말을 했다. 얼마 후 괴뢰군이 서울에서 선거를 한다며 서울에 남아 있는 사람들에게 모두 나와서 투표를 하라고 했단다. 우리집에서는 할머니가 투표장에 나갔는데 입후보자 10명의 투표 용지를 한꺼번에 묶어놓고 투표를 했다고 한다. 개별적으로 표를 찍는 게 아니라 찬성과 반대 두 가지 중 한 가지만 선택하는 것이었다. 사람들은 세상에 무슨 그런 선거가 있느냐고 은밀하게 코웃음쳤다.

서울에 남은 사람들 중에서 먹을 게 없어 견디다 못해 뒤늦게 피난을 가는 사람들도 있었다. 들리는 소문에 의

하면 다리가 끊겨서 배를 타고 한강을 건너야 하는데 뱃 삯이 엄청 비싸다고 했다. 할머니도 식량이 없으면 어떻 게 하냐며 늦게라도 피난을 가야 하지 않느냐고 아버지 에게 말했다. 아버지는 어머니가 피난을 가다가 길거리 에서 애를 낳으면 큰일이라며 강하게 반대를 했다.

바깥소식은 할머니가 전해주는 말들로 알 수밖에 없었 으니, 아버지가 얼마나 답답했을지 상상이 간다. 할머니 말로는 인민군들이 인민재판을 하는데 뚱뚱한 사람들은 인민을 착취해서 살이 쪘다고 미워하고, 좋은 물건이나 좋은 옷을 입어도 인민의 적이라고 몰아세운다고 했다. 젊은이들 중에는 평양말을 배우고 인민군 흉내를 내기도 한다는 말도 들렸다. 붉은 완장을 찬 청년과 여자들이 의 기양양하게 떠들고 다닌다고 했다.

9월로 접어들자 유엔군 비행기가 자주 나타났다. 인 민군들은 적군이 폭격을 한다고 했지만, 유엔군 비행기 는 저공으로 날면서 서울을 탐색하는 것 같다고 했다. 아 버지의 가장 큰 걱정은 만삭의 아내였다. 잘 먹어야 애 를 낳을 텐데 먹을 양식이 충분치 않아서 늘 불안한 상 황이었다.

추석이 되었지만 명절을 즐길 수 없었다. 송편이나 고깃국을 끓여먹는 것은 엄두도 못 냈다. 아버지는 지하실에서 만 석 달을 지내고 있었는데 어느 날 한밤중에 비행기 소리가 들리더니 금세 폭격소리가 들렸다. 멀리서 포탄소리가 연이어 들렸는데 아버지도 뭔가 심상치 않다는 것을 직감했다고 한다. 거리를 활보하던 인민군들이 자취를 감추고 총소리가 점점 가까이 들렸다. 드디어 유엔군이 국군과 함께 서울로 들어왔다는 소식이 들렸다. 그제서야 아버지도 지하실 생활에서 벗어나 밖으로 나올 수 있었다.

중앙청에 태극기가 걸리고 국군과 유엔군을 환영하는 인파들이 태극기를 흔들며 중앙청 앞에 모였다. 건물들은 거의 다 유리창이 깨지고 폐허가 되었지만 사람들의 얼굴엔 이제야 살았다는 안도감이 떠올랐고, 맘 놓고 그간의 일들을 이야기했다. 아버지와 어머니가 인민군 치하에서 지하실에 숨어 살아야 했던 것처럼, 나는 당시 어머니 뱃속에서 숨어 산 시간들이었다.

서울이 수복되고 한 달이 채 지나지 않았을 때 나는 마침내 세상으로 나왔다. 할머니가 어머니의 산바라지를 했는데 딸이라는 것을 알고 무척 반겼다고 한다. 인민군 치하에서 날마다 가슴 졸였던 아버지가 무척 기뻐했는데 첫딸은 살림 밑천이라며 반겼다고 한다. 누구보다 아내가 아기를 무사히 낳을 수 있을까 노심초사했었기에 아버지의 기쁨은 더 컸으리라.

서울 곳곳에 전쟁으로 무너진 곳들을 다시 짓고 새로 건설도 하는 곳이 많아 아버지는 다시 집 짓는 일을 시작하며 건설현장으로 복귀했다. 우리 동네는 비교적 온전하게 남아 있었지만, 용산 쪽에서는 폭격으로 부서진 건물들이 많다고 했다. 한국전쟁 중이었지만 서울은 수복되었고, 전투는 동부전선에서만 밀리고 미는 전투가 계속되었다. 아버지가 열심히 일을 했으니 사는 데는 걱정이 없었고, 나는 집안에서 귀여움을 독차지하는 재롱둥이로 컸다.

첫째 동생과의 이별

몇 년 후 남동생이 태어났다. 어른들은 내가 터를 잘 팔아서 남자 동생을 보았다며 나를 더 예뻐했다. 남동생은 유난히 머리가 영특해서 가끔 어른들을 놀라게 했다.

그런데 어느 날부터 동생이 시름시름 앓기 시작했다. 자주 아프니 살도 찌지 않아 바람만 불어도 날아갈 것처럼 몸이 허약했다. 한창 뛰어놀 나이에 거의 누워만 있거나 조금만 움직여도 힘들어했다. 살갗을 부딪치면 금세 멍이 들었고 열도 자주 났다. 그런 동생을 데리고 부모님은 병원을 들락날락했다.

그러던 어느 날 동생이 병원에서 백혈병이라는 진단을 받았다. 그때부터 우리 집은 초상집 같았다. 시간 맞춰 약을 먹이고 몸에 좋다는 것을 구해 먹여도 동생은 점점 누워있는 날이 많아졌다. 동생이 먹는 식기류들도 다 끓는 물에 소독을 해야 해서 어머니는 동생한테만 매달려도 하루가 부족할 정도였다. 처음에는 집에서 병원을 오가며 치료를 받았는데 동생의 병세가 점점 악화되어 병원에 입원하게 되었다.

동생이 다섯 살 때였는데 병원에 입원을 시키고 나니 어머니도 병동에 함께 머물며 간호해야 해서 집에 올 수가 없었다. 그때 나는 일곱 살이었다. 어머니는 동생의 병간호에 전념하느라 나를 돌볼 수 없었다. 아버지는 동생의 병원비 마련과 집안 살림을 해야 하니 날마다 일하러 나갔다가 밤늦게 퇴근했다. 하지만 아버지는 나를 혼자 두고 바로 병원으로 가서 병간호에 지친 어머니가 잠시라도 쉴 수 있도록 교대해야 한다고 말했다. 그래서 나는 혼자 집에 남겨졌다. 일곱 살짜리 여자애가 큰 집에 혼자 있기란 애초부터 불가능한 일이었다.

얼마 후부터는 아버지도 병원에서 출근하고 퇴근하느

라 집에 들르는 날이 점점 줄어들더니 고작 일주일에 두어 번 정도 집에 잠깐 들렀다가 다시 병원으로 갔다. 어머니도 며칠에 한 번씩 집에 와서 내 먹거리를 준비해 놓고 그 밤으로 또 병원에 달려가야 했다. 그래서 낮에도 혼자 집에 있어야 했는데 나무가 많아서 집이 무척 무서웠다. 바람이 불어 나무들이 움직이는 그림자만 봐도 괴물이 나를 잡으러 온 것 같았다. 결국 혼자 있을 수가 없어 앞집 할머니 집에서 살다시피 했다. 그러나 할머니 집은 방도 작고 좁아서 내가 있기에 많이 불편했다. 그래서 낮에는 할머니 댁에서 지내다가 저녁이 되면 큰아버지가 나를 데리고 우리 집으로 와서 나와 함께 밤을 보내주었다.

이튿날이 되면 큰아버지를 따라 나도 할머니 집으로 출퇴근하는 격이었다. 한번 무섭다고 생각하면 집 안에 있는 모든 것들이 괴물처럼 나를 옥죄었다. 작은 소리만 나도 귀를 바짝 세웠고, 바람소리만 나도 이상한 귀신소리 같았다. 흔들리는 나뭇가지만 봐도 괴물이 나에게 손을 뻗는 것 같았다.

동생은 나아질 기미가 없이 점점 상태가 나빠졌다. 원래 키도 작고 약골인 어머니는 동생을 간호하느라 힘에 부쳐 쓰러질 지경이었다. 아버지도 너무 힘들어서 몸이 장작개비처럼 말라 온 가족은 물론 할머니와 큰아버지까지 동생 때문에 정상적인 생활을 할 수가 없었다. 나는 날마다 해가 뜨면 할머니 집에 가서 할머니를 졸졸 따라다니며 그림자처럼 심부름도 하고 지냈다.

어느 날 할머니가 앞집 옥상 위에 고추를 말릴 때였다. 어린 마음에 할머니를 돕는다며 고추를 널어놓은 곳에 올라갔다가 그만 발이 미끄러져 아래로 굴러떨어졌다. 나는 한참 만에 깨어났는데 다행히 크게 다친 곳은 없었다고 한다. 어떤 날은 고춧가루를 만진 손으로 눈과 얼굴을 비벼서 한동안 눈도 뜰 수 없이 아프고 목과 얼굴이 부어서 고생한 적도 있었다.

나는 어린 마음에 동생이 원망스러웠다. 동생이 나에게서 부모님을 빼앗아 갔다는 생각만 했다. 입원해 있는 동안 동생은 무균실에 있어야 해서 나는 병원에도 가볼 수 없었다. 동생이 없었으면 부모님 앞에서 온갖 재롱을 부리며 행복하게 살 텐데 부모가 없는 고아처럼 사는 게 너무 싫었다. 지금 생각해 보면 동생에게 너무나 미안한 일인데, 그때는 어릴 때라 동생이 아프다는 사실도 원망스럽기만 했다.

　그런 생활이 거의 5년이 다 되어 갈 무렵 동생은 결국 회복하지 못하고 병원에서 숨을 거두었다. 나는 그때 처음으로 죽음이 어떤 것인지 어렴풋이 알게 되었다. 죽음이란 다시는 만날 수도 없는 영원한 이별이라는 걸 실감했다. 동생이 죽은 다음 부모님은 한동안 넋이 나간 사람들 같았다. 할머니와 큰집 식구들이 이제 나를 보살펴야 한다고, 어린 애가 그동안 얼마나 힘들게 살았는지 마음의 상처가 남지 않게 잘 다독여 주라고 부모님을 설득했다.

　나는 동생이 죽은 다음부터 부모님을 다시 찾은 것 같아서 무작정 좋아했다. 내게는 동생의 죽음보다 부모님이 집으로 왔다는 사실이 훨씬 더 크게 다가왔다. 부모님도 차차 동생을 잃은 슬픔에서 벗어나 나를 끔찍하게 아껴주었다. 그동안 어린애가 혼자 집을 잘 지켜냈다고 칭찬도 많이 했다.

　그러나 부모님은 아들을 잃은 다음 나마저 잘못될까봐 지나치게 과보호를 하기 시작했다. 내가 어디 나가서 조금만 눈앞에 안 보여도 마치 큰일이라도 난 것처럼 난리가 나곤 했다. 나는 쌍가마를 가지고 있는데 여자가 쌍가마를 갖고 태어나면 팔자가 드세다고 부모님은 이상한 일들을 시켰다. 예를 들어 아무도 몰래 남의 집에 가서 숟가락을 세 번만 훔쳐오면 팔자가 순탄해진다고 했다. 부모님의 성화에 못 이겨 시키는 대로 남의 집에 가서 숟가락 도둑질까지 해야 했다. 아무도 몰래 해야 효험이 있다는데 난생 처음 도둑이 되는 것은 보통 어려운 일이 아니었다. 금세 누가 뒤에서 옷자락을 잡아당기는 것 같았고, 간신히 도둑질을 성공한 후에도 그 집 앞에 지날 때면 저절로 발걸음이 빨라졌다. 내가 숟가락을 훔쳐 온 집에서는 그 사실을 정말 몰랐을까. 아니면 알면서도 모른 척 해주었을까. 어쨌든 나는 세 번 다 도둑질에 성공했다. 훔쳐온 숟가락으로 밥을 먹었는지는 생각나지 않는다.

또 부모님은 동네 결혼식에 나를 데리고 가서 꽃바구니를 손에 들려주며 신랑 신부를 안내하는 화동을 시켰다. 머리에 쌍가마가 있기 때문에 팔자가 드세서 결혼도 세 번이나 하는 팔자라며 남의 결혼식에서 꽃바구니를 드는 화동을 하면 드센 팔자 땜을 한다는 것이었다. 남의 집에 가서 숟가락을 훔쳐오는 일은 아주 싫었지만, 동네에 결혼식이 있을 때마다 신랑 신부 앞에서 꽃바구니를 드는 화동 일은 신바람이 나서 즐겼던 것 같다.

부모님은 혹여 딸의 팔자가 드셀까봐 걱정이 되어 팔자를 순화하려고 시킨 일이었지만, 나는 남들의 주목을 받는 게 좋았다. 고운 옷을 입고 신랑 신부 앞에서 꽃바구니를 들고 걸어가면 사람들은 내가 예쁜 인형 같다며 박수를 쳐 주었고, 그때마다 우쭐해서 그 일을 즐겼다.

산 사람은 어찌저찌 살아진다고 했던가. 우리 가족은 서서히 일상을 되찾았지만 백혈병을 앓던 동생의 죽음은 여러 가지 아픈 흔적을 남겼다. 감당하기 어려운 병원비로 빚까지 져서 나 혼자 어렵게 지켜낸 그 일본식 집을 팔아야 했고, 설상가상으로 아버지의 사업도 잘 되지 않았다. 그 후 우리는 문학동, 현재의 약수동 작은 집으로 이사를 했다. 기나긴 인생의 역경 속에서 그나마 찬란했던 나의 어린 시절이 그렇게 지나가고 있었다.

꿈 많던 어린 시절

어릴 때 화동으로 뽐내며 하던 일이 몸에 배었는지 학교에 다닐 때도 나는 자존심이 강해서 남한테 지는 것을 못 참는 성격이었다. 스스로 세상에서 가장 잘난 아이로 착각하고 다녔다. 어린 시절 남들이 부러워하는 집에 살면서 예쁜 옷 입고 더 바랄 게 없다고 생각하며 우쭐댔던 것 같다. 어릴 때부터 부모님이 예쁘다고 띄워주었던 탓에 무슨 일에나 항상 자신이 있었다.

어머니는 성격이 수줍고 조신한 현모양처형으로 말없이 살림만 하는 전형적인 주부였다. 아버지도 묵묵히 일만 하는 사람이었다. 하지만 나는 남 앞에 나서기를 좋아했고, 남들 앞에서도 항상 내가 최고인 것 같은 착각 속에 살았다. 아마도 나의 이런 성격은 동생 때문이었는지도 모른다. 어린 나이에 혼자 남겨져 하루 이틀도 아니고 몇 년을 그렇게 보냈으니 저절로 어설픈 주인 의식이 생겼는지도 몰랐다.

중학교는 왕십리에 있는 학교였는데 이사를 한 약수동 집에서 약간 먼 편이었지만 매일 걸어 다녔다. 처음으로 교복을 입고 다니니 학교에 가는 게 즐거웠다. 교복에 조금이라도 흙이 묻으면 큰일 나는 줄 알았고, 옷에만 지나치게 신경을 쓴 것 같다. 금호동에 사는 친구와 가장 친했는데 그 친구와 항상 함께 다녔다. 친구도 나처럼 딸 하나인 집안에서 자랐는데, 아들 다섯에 딸 하나라서 그런지 성격이 남자처럼 드셌다. 그 친구에 비해서 나는 예쁘다는 말을 많이 들었다. 남자 같은 친구에 비해서 나는 꽤 조신한 여학생으로 처신했던 것 같다.

하지만 겉으로만 그렇게 보였을 뿐 원래 활동적이고 성격도 급한 편이었다. 이런 기질에 따라 고등학교에 들어가서는 배구를 좋아해 선수로 뛰기도 했다. 배구반에서도 강서브로 소문이 나서 내가 서브를 넣으면 상대편에서 제대로 받아내지 못했다. 또한 힘이 좋아서 강스파이크를 날리면 볼을 받으려다가 넘어지는 선수들이 대부분이었다. 그렇게 배구를 하면서 나는 매사에 더 자신감을 갖게 되었다.

고등학교 2학년 때부터 모두 기숙사에 들어가야 했는데 생활관에 들어갈 때는 한복을 입어야 했다. 그런데 그무렵 집안 살림이 점점 어려워져 한복을 해 입을 형편이안 되었다. 부모님한테 돈 얘기를 하면 어머니는 그저 울기만 했고, 해결을 하지 못했다. 나는 생활관 수업이 있는 날마다 자존심이 땅바닥으로 곤두박질쳤다. 나보다앞 시간에 수업을 받는 친구의 한복을 빌려 입고 수업을받느라 그 친구의 수업이 끝날 때까지 생활관 담벼락 아래에서 기다려야 했다. 담벼락에 쭈그리고 앉아 시간을보낸다는 게 그때 얼마나 비참한지 몰랐다. 친구의 수업이 끝나면 한복을 빌려 입고 생활 예절교육을 받아야 했는데 그때마다 자존심이 바닥으로 미끄러졌다.

그러던 어느 날이었다. 친구가 한복을 입은 내 모습이예쁘다고 사진을 찍었는데 내가 봐도 곱게 잘 나왔다. 그런데 그 친구가 내 사진을 자기 오빠에게 보여주었다는 게 아닌가. 사진을 본 친구 오빠가 얼마 후부터 만나자고 연락을 해왔다. 나는 그때까지 남자를 따로 만난다는 일은 생각해 본 적도 없었다. 집안에서 아버지도 조용한 편이었고 가족 외의 남자를 만난 적이 없다 보니 남자라는 말만 들어도 가슴이 덜덜 떨리고 수줍어서 제대로 말한마디 하지 못했다. 여자들끼리 있으면 당당했는데 남자라는 말에 왜 그토록 마음이 약해지는지 도대체 알 수 없는 일이었다. 그래서 결국 그 오빠도 무서워서 만나지 않았다. 지금 생각해보면 헛똑똑이었고 그야말로 바보였던 것이다.

고등학교 졸업이 가까워지자 친구들은 대학에 간다고 야단들이었다. 다들 대학시험을 준비하느라 여념이 없었는데 나는 가정 형편상 대학은 꿈도 꿀 수 없었다. 그때의 기분은 말로 표현할 수 없이 비참했고 나만 인생의 낙오자가 된 것 같았다. 부모님은 아예 대학에 보낸다는 생각조차 없었다. 나 역시 대학 입학의 꿈을 접고 지금 생각하면 허황된 꿈만 꾼 것 같다.

당시에 흑백 텔레비전이 처음 나왔는데 여자 아이들은

모두 탤런트가 되고 싶다며 들떴다. 친구들은 식모 역할이라도 좋으니 텔레비전에 한 번 나와 봤으면 좋겠다고 떠들었지만 나는 사람들이 하도 예쁘다고 해서인지 식모는 시켜줘도 안 한다면서, 당당하게 주인공이 아니면 관심도 없다고 콧대를 높이며 큰소리를 쳤다. 친구들은 내 말에 콧방귀를 뀌었지만, 나는 당시 아무것도 모르면서도 모든 것에 어리석을 만큼 자신만만했다.

남자에 관한 것만 빼고 그랬다고 해야 맞을 것 같다. 지금 생각하면 속에 든 것도 없이 빵 터지기 직전의 풍선처럼 친구들에게도 큰소리를 쳤던 것이다. 내가 그토록 자존감이 높았던 이유는 어릴 때 주변으로부터 예쁘다는 말을 자주 들었던 탓이다. 정말로 예뻤는지는 모르겠지만 꽃바구니를 든 화동 역할을 많이 했기 때문에 항상 예쁜이로 불렸었다. 꽃을 든 소녀. 얼굴이 예쁘지 않더라도 꽃을 든 아이를 보면 누구나 예쁘다고 했을 것이다. 스스로 자존감에 취해 있었지만 집안 분위기는 정반대였다. 그 무렵 아버지는 일꾼들을 손수 부렸는데 어느 날부터 월급을 줄 수 없을 만큼 벌이가 시원찮았다. 월급을 줘야 하는데 아버지가 내일, 내일 미루다 보니 어느 날부터 인부들은 밀린 월급을 달라며 집으로 찾아와 항의를 했다.

아버지는 결국 더 버티지 못하고 복덕방에 집을 내놓았다. 집을 팔아서라도 인부들의 밀린 임금을 주기로 한 것이다. 그날부터 아버지는 다시 집을 구하러 다녔다. 시간은 자꾸 흐르고 집을 산 사람이 입주하기 전에 우리가 살 집을 구해야 하는데 얼마나 초조한지 몰랐다. 아버지는 장위동에 사는 친구의 소개로 그 동네의 집을 보러 다녔다. 앞으로 또 어떤 새로운 집에서 살게 될지 기대보다는 걱정으로 밤을 지새우는 날들이었다.

아버지의 실수 그리고 가족의 위기

　어느 날 아버지가 장위동에 마땅한 집이 나왔다며 그 집을 사야 한다고 들떠 있었다. 꽤 큰 집이었는데 도로변에 닿아 있기 때문에 가게로 꾸며서 세를 줄 수 있다고 단단히 기대를 하는 것 같았다. 그 집을 사려면 대출을 받아야 하는데 일단 놓치면 아까우니 아버지는 먼저 계약을 하겠다고 했다. 하지만 당시 그 집은 꽤 비싸서 우리가 살던 집을 판 돈으로는 어림도 없었다. 아버지는 복덕방 말을 철썩 같이 믿고, 일단 그 집을 손에 넣으면 세만 받아도 사는 데 걱정 없을 거라고 했다. 나도 아버지와 그 집을 찾아가 보았는데 정말 큰 길에 붙어 있어서 가게를 내면 아버지 말대로 될 것 같기도 했다. 아버지는 효용가치가 높은 집이라며 욕심이 난다고 다른 사람이 계약하기 전에 서둘러야 한다고 했다. 결국 며칠 후 빚을 얻어서 인부들의 품삯을 주고 급하게 장위동 집을 계약해 버렸다.

장위동으로 이사한 뒤 나는 학교까지 걸어서 다녀야 했는데 거리가 꽤 멀었다. 집에서 학교까지 가는 등굣길은 포장도 안 되어 있고 흙먼지가 풀풀 날리는 길이었다. 교복을 깨끗이 빨아 입고 학교에 다녀오면 흙탕물에 먼지에 교복이 형편없는 꼴이 되어버리곤 했다. 항상 화려한 것만 좋아하고 멋지게 산다고 했던 나는 등하교 길에 먼지와 흙탕물에 더러워진 교복을 보는 것도 속이 상했다.

그러나 더 큰 문제가 생겼다. 아버지가 인부들에게 돈을 주기 위해 빚을 얻은 게 문제의 발단이었다. 빚은 한번 얻어 제대로 갚지 못하면 이자에 이자가 붙어 금세 빚덩이가 눈덩이로 불어났다. 시간이 갈수록 빚에 짓눌려 기초적인 삶도 제대로 살 수 없는 지경이 되는 것은 불 보듯 뻔한 일이었다. 그런 환경에서 졸업 때가 가까워지니 대학은 꿈도 못 꾸게 되었고, 갑자기 자신만만했던 처지가 암담해지기 시작했다.

그때부터 대학을 가지 못하니 취직을 해야 한다는 생각을 했다. 그런데 무슨 일을 할 수 있을까? 이럴 줄 알았으면 인문계 학교를 가지 말고 상고를 갔어야 하나, 온갖 잡생각에 졸업이 하나도 반갑지 않았다. 혼자만 낙오자가 된 것 같았다. 집에 오면 한숨 소리만 온 집안에 가득했다.

학교에 다닐 때는 집안 사정을 제대로 알지 못했는데 졸업을 하고 나니 집안 형편이 눈에 선명하게 들어왔다. 아버지는 인부들의 임금 때문에 얻은 빚을 하루라도 빨리 갚기 위해 또 빚을 얻었다. 빚은 처음이 어렵지 한번 두 번 빚을 얻어 해결하려고 하면 점점 더 빚에 의존하게 되었다. 아버지는 장위동 집의 중도금도 빚을 얻어 해결했다. 일단 빚을 얻어서라도 그 집을 최대한 빨리 손에 넣은 후 상가를 만들어서 세를 놓은 뒤 차차 빚을 갚을 계산이었다. 실제로 무리하게 계약을 한 그 집은 큰 길을 끼고 있어서 가게를 만들어 월세를 놓으면 안성맞춤이라는 생각을 했고, 집의 평수도 넓어서 한쪽에서 살림을 하면 노후에 걱정 없이 살 수 있을 거라는 판단을 한 것이다. 게다가 버스 정류장이 바로 앞에 있어서 아버지의 계획대로 가게를 낸다면 사람들이 많이 다니는 길이라 장사도 잘 되고 순조롭게 아무 걱정이 없었을 것이다.

그러나 그 계획은 이루어질 수 없었다. 집이 넓어 도로가에 가게를 내려고 알아보는 과정에서 그 집이 준공검사를 받지 않은 불법 건축물이라는 청천벽력 같은 사실을 알게 된 것이다. 아버지는 눈앞이 캄캄했다. 중도금까지 빚을 얻어 해결했는데 또 빚을 얻어 잔금을 치른다 해도 가게는 낼 수 없는 건물이었다. 겉만 번지르르한 집을 제대로 알아보지도 않고 실수로 계약을 한 것이 화근이었다. 그 집을 사서 세를 놓아 돈을 벌겠다는 아버지의 계획은 완전히 빗나간 것이다. 가게를 내면 큰 돈을 벌 수 있다는 복덕방의 말은 사탕발림이었다. 집장사와 짜고 허가가 나지 않은 매물을 속여서 소개한 것이었다.

그러나 이미 계약을 하고 도장을 찍은 이상 물릴 수도 없었다. 아버지는 집을 팔겠다고 복덕방에 다시 내놓았다. 이미 엎질러진 물이라 이제라도 얼른 되팔아서 하루빨리 빚 정리를 해야 했다. 계약금의 배를 물어내야 했지만 그렇게라도 빨리 처분해야 그나마 조금이라도 빚을 갚을 수 있었다. 그런데 집을 소개할 때와 다시 팔겠다고 했을 때의 복덕방과 집주인은 전혀 딴 사람처럼 행동했다. 화장실 갈 때와 나올 때가 다르다고 했던가. 누군가를 속이겠다고 작정한 사람들에게 진실된 마음을 바라는 것은 허황된 일이었다.

하지만 다시 그보다 더 큰 문제가 생겼다. 어렵게 어렵게 집을 사겠다는 사람이 나타났는데 그 사람들이 등기부를 떼어보더니 서류상의 평수와 실제 평수가 다르다는 점을 지적한 것이다. 땅이 100평인 줄 알았는데 실은 99평이고 한 평이 이웃집 마당 안으로 물려 있었다는 것을 우리도 그때 알게 되었다. 집을 사겠다는 사람은 집장사 집이니 형편없는 헐값에 사겠다고 했다. 그나마도 이웃집에 물린 한 평을 찾아와야 계약하겠다고 했다.

그 사이 빚은 점점 늘어나고 이자 감당도 힘들었다. 우리가 헤어날 방법은 어떻게든 그 집을 빨리 되파는 것이었다. 집을 사려는 사람은 100평을 제대로 찾아놓기 전에는 계약을 하지 않겠다고 하니 보통 난감한 일이 아니었다. 시간을 끌면 끌수록 이자는 불어나고 빚은 쌓여만 갔다. 아버지는 늘어나는 빚 때문에 먼저 살던 집에서 나와 일단 그 돈으로 이자를 갚고 집을 계약하겠다는 사람의 양해를 얻어 그 집 한 귀퉁이에 방 한 칸을 만들었다. 그 방에서 겨울을 보내기로 한 것이었다. 불도 들어오지 않는 방 한 칸에 임시보일러를 놓았는데 그 해 겨울 얼마나 추위가 강한지 보일러가 얼어 터져 밤이 되면 이불을 뒤집어쓰고 추위를 이겨내야 했다. 우리 가족은 막막한 이자에 대한 두려움과 집을 팔아야만 한다는 압박감에 온몸을 덜덜 떨면서 버텼다. 그야말로 인생의 혹한기였다.

한 평 찾기 전쟁

어머니는 살림만 할 뿐 바깥일에는 전혀 관여하지 않았다. 그 시대 대다수의 여성들처럼 어머니도 무학이라 글을 알지 못했으니 설사 어머니가 알았더라도 어찌할 방도가 없었을 것이다. 아버지는 자신이 큰 실수를 저질렀다는 생각에 매사 의욕마저 잃고 한숨만 내쉬고 있었다.

나는 넋을 놓고 한숨만 쉬는 부모님을 원망하면서 새로운 사람으로 다시 태어나야 했다. 이웃집에 물려 있는 땅한 평을 찾는 일에 나라도 직접 뛰어들기로 결심했다. 여자라서, 아니 고등학교를 갓 졸업한 사회 초년생이라서 주춤거릴 짬이 없었다.

그때부터 한 평을 찾기 위한 전쟁이 시작되었다. 그 작은 땅을 찾는 일에 내 꽃다운 청춘을 모두 바치게 되리라고는 그때는 전혀 짐작조차 하지 못했다. 사방팔방으로 해결 방법을 찾아 땅 한 평 찾기 싸움을 시작했다. 그 일에 도움을 줄 만한 사람들을 찾아다니기 시작했다. 무슨 일에 집중하면 눈앞에 그 일만 보일 뿐 다른 일은 안중에도 없었다. 그런 성격이 땅 찾는 일에 전투적으로 뛰어들게 만들었다.

우선 복덕방을 순례하면서 이런 경우 어떻게 해야 하는지 물어보았다. 그런 내 모습을 딱하게 여기는 어른들이 자세하게 안내를 해 주었다. 등기소에 가서 등기부를 떼고 구청에 가서 지적도를 떼라고 알려 주었다. 시키는 대로 서류를 떼어 나에게 가르쳐준 복덕방에 갔더니 일단은 땅 한 평이 물려 들어간 이웃집 여자에게 서류를 보여주면서 좋은 말로 사정을 하라고 했다. 그런데 이웃집 여자는 전혀 말을 들으려 하지 않았다. 자기네는 조상 때부터 대대로 이어받은 집인데 무슨 소리냐고 오히려 야단이었다. 등기부와 지적도를 내보이며 아무리 설명을 해도 막무가내였다. 등기소와 법원을 들락거리며 묻고 또 물어 어떻게 해결해야 할지 하나하나 캐물었다. 발등에 불이 떨어지니 부끄러움도 없었다. 아니, 오히려 더 당당해졌다. 무슨 수를 써서든지 이웃집에 맞물린 땅 한 평을 찾기 위해 거의 미친 여자처럼 쏘다녔다. 그때는 그 일밖에 눈에 뵈는 게 없었다. 이 사람 저 사람에게 물어가며 해결할 수 있는 방법을 찾아 헤맸다.

그러나 이웃집 여자는 졸라 봐도 안 되고 사정해도 안 되고, 도대체 내 말을 들으려고 하지도 않았다. 무턱대고 그 땅을 내놓고 싶지 않은 것이 역력하게 보였다. 여기저기 물어보니 그런 경우에는 재판으로 결정을 짓는 수밖에 없다고 했다. 형사사건이 아니니 일단 서류를 완벽하게 만들어서 법원에 접수부터 시키라고 했다. 그래서 서류를 준비하고 재판 절차를 받기로 했다. 법무사에서 알려주는 대로 일단 서류를 준비하기 위해 날마다 이리 뛰고 저리 뛰어야 했다.

드디어 재판 날이 다가왔다. 단단히 마음을 다잡고 판사 앞에서 이웃집에 물려들어 간 땅이 등기부 법상 새로 사기로 했던 집의 땅이라고 주장했다. 그 결과 법적으로는 아무 하자가 없었기 때문에 이웃집에서는 당연히 그 땅을 내주어야 마땅하다는 판결이 나왔다. 그러나 판결문을 들이대도 이웃집 여자는 꿈쩍도 하지 않았다. 이렇게 된 이상 나도 죽기살기로 맞섰다. 나를 동정하는 사람들이 이구동성으로 악질을 만나면 악질로 대할 수밖에 없다고 충고를 했다. 그 말에 힘을 얻어 며칠 후에 인부들을 불러 이웃집에 물린 땅 경계에 담을 쌓기 시작했다.

그런데 일을 시작하자마자 이웃집 식구들이 몰려나와 담장 공사를 막으며 난리를 쳤다. 나는 인부들에게 상관하지 말고 계속 일을 하라고 소리쳤다. 그러자 이웃집 여자가 인부들을 제지하며 내게 달려들었고, 너무 너무 화가 나서 이웃집 여자를 그만 밀어버리고 말았다. 그 순간 그 여자가 바닥으로 나동그라지며 비명을 질렀다. 지켜보던 사람들이 경찰에 신고를 했는지 금세 경찰차가 경적을 울리며 달려왔다. 내가 울분에 차 있었기 때문에 나도 모르는 새 힘이 더 가해진 것 같았다.

그 길로 경찰에 끌려가 유치장에 갇혀버렸다. 유치장에 들어가 있으니 생각할수록 내 자신이 비참했다. 친구들은 대학이란 곳을 가서 창창하게 앞날을 설계할 텐데 나는 무슨 팔자가 이리 사나울까. 갓 스물도 안 된 한창 아름다워야 할 나이에 이 무슨 꼴이람. 이팔청춘이란 말도 있는데 무슨 팔자가 이리 세서 유치장 신세라니 기가 막히고 분노가 치솟았다. 온갖 잡생각이 머리를 스쳤다. 가마가 두 개라서 팔자가 이리 드센 것인가.

부모님은 면회를 와서 대책도 없이 울기만 했다. 그런 부모님을 보는 게 더 화가 났다. 꽃 같은 청춘 나이에 왜 나는 이런 험한 세상을 살아야 하는가? 왜 대학도 못 가고 갓 피어나는 여자가 유치장에 갇혀 있나. 도대체 내가 왜 이 꼴이 되어야 하나, 현실을 파악할수록 화만 치밀었다.

결국 아버지가 또 돈을 빌려 이웃집 여자에게 합의금을 줬다고 했다. 그 후 유치장에서 사흘 만에 풀려나왔다. 빚만 늘어날 텐데 합의금까지 주었다는 말에 화가 치밀었다. 한 번 그런 일을 당하니 무서울 것도 없었다. 이웃집 여자는 떼를 쓰다가 결국 법 앞에 굴복했다. 그제야 한 평을 제대로 찾고 담장도 다시 쌓았다. 그 후 초조한 마음으로 매매가 되길 기다렸다.

그 말썽·많던 집은 내가 서른 살이 될 무렵에야 팔렸다.

정말 지긋지긋한 집이었다. 아버지는 그 일을 겪은 다음부터 거의 산송장처럼 모든 일에 의욕을 잃고 무너져 내렸다. 그때부터 내가 가장이 되어야 했다. 결국 집을 판 돈 중에서 빚을 일부 갚고 약 700만 원 정도를 손에 쥘 수 있었다. 나는 우유 배달을 하면서 그 돈으로 장위동에 작은 집을 샀다.

많은 일을 겪으면서 나는 점점 여장부로 변했다. 친구들은 모두 결혼해서 애를 낳는데 난 집안을 일으켜 세워야 한다는 생각만 했다. 보통 여자들이 갖는 로망의 남성관이나 연애관은 아예 생각할 겨를이 없었다. 당장 눈앞의 일들에 치여 친구들도 자연히 멀리하게 되었다. 다시는 집 때문에 고통을 겪어서는 안 되고 완전히 벗어나야 한다는 일종의 사명감만 앞섰다. 그럴 수밖에 없는 사정이 아버지가 그 일을 겪은 후에 완전히 의기소침해져서 더 이상 의존할 수가 없었기 때문이다. 이제 내가 집안의 가장이라는 부담감 때문에 또래의 여자들이 꿈꾸는 결혼에 대한 환상이나 백마 탄 왕자를 기대할 수 있는 형편이 아니었다.

환경이 사람을 변화시킨다는 말을 실감하면서 날마다

어떻게 하면 부모님을 안정되게 살 수 있게 할 것인가가 하루하루의 목표였다.

그 와중에 가장 힘들었던 점은 변해버린 아버지였다. 한국전쟁 때 내가 온전히 태어날 수 있도록 어머니를 끔찍하게 보호했던 아버지의 강인함은 어디에서도 찾을 수 없었고, 누구보다 단단해 보였던 사람이 한순간에 나락으로 떨어졌다는 사실을 나는 이해할 수 없었다. 딸인 나를 믿었기 때문일까. 아니면 내가 여자인데도 집안일에 적극성을 보여서 내게 의지하고 싶었던 걸까. 그 무렵 아버지가 가장으로 우뚝 서 계셨더라면 굳이 내가 나서지 않아도 되었을 것이다. 땅 한 평을 찾기 위한 전쟁은 어쩌면, 가족을 향한 분노와 그럼에도 불구하고 가족을 챙겨야만 했던 책임감이 내 마음 속에서 부딪히며 일어난 불꽃의 또 다른 모습이었을지도 모르겠다.

쥐구멍에도 잠깐 볕이

집 때문에 아름다운 20대를 허무하게 다 보내고 30대
가 되었다. 그러고 나니 항상 집에 신경이 쓰였다. 그 무
렵 자고 나면 집값이 오르기 시작했는데 쥐구멍에도 볕
들 날이 있다더니 장위동에 산 집이 무려 배가 올랐다. 이
럴 때 집을 팔고 다시 싼 집을 사면 목돈이 생긴다며 함
께 우유 배달을 하는 사람이 나를 부추겼다. 아닌 게 아
니라 서울에는 한창 건설 붐이 일어서 집장사들이 돈을
벌던 때였다.

집 때문에 청춘을 다 바쳐버렸으니 이 집을 팔아 재미

를 보고 싶었다. 그래서 여기저기 알아보고 난 후 집을 팔았다. 살 때 가격의 두 배가 뛰어 1,400만 원을 받았다. 그때는 그야말로 하늘에서 돈이 굴러떨어진 기분이었다. 그 돈으로 잠실에 있는 13평짜리 주공아파트를 어머니에게 사 드리고 나머지 돈으로 또 무얼 할까 궁리했다.

그때는 모래벌판이던 잠실 땅에 주공아파트가 들어서고 뒤이어 새마을 시장이 들어서서 한창 새로 태어나는 도시였다. 연탄을 때는 주공아파트는 비록 평수는 작았지만 단지가 커서 여러 가지로 편리했다. 그 아파트에 부모님을 모시고 남은 돈으로 무엇을 해서 돈을 불릴까 고민에 고민을 거듭했다.

때마침 남편이 사우디에 가 있는 친구가 아파트 청약을 넣자고 했다. 나도 제대로 된 아파트에서 보란 듯이 살고 싶은 욕망이 생겼다. 학교를 졸업하자마자 하도 집 때문에 신경을 써서 그랬을까, 이상하리만치 집에 대해 집착이 강했다. 그런데 돈이 부족했다. 나에게 청약을 하자던 친구는 일단 당첨만 되면 값이 몇 배로 뛰니 돈을 빌려서라도 하라고 보챘다. 돈이 돈을 버는 세상이라 자기 돈 가지고 돈을 버는 게 아니고 돈을 빌려서 잘 굴리는 사람이 돈을 번다고 했다. 그 친구의 말을 듣고 돈을 빌려서 남아 있는 돈과 합친 뒤 반포 2단지에 청약을 넣었다.

세상에나, 설마 했는데 진짜 당첨이 된 게 아닌가! 그러나 정작 그곳에 입주해서 살 수 있는 형편은 아니었다. 그래서 전세를 주려고 했는데 갑자기 국가 정책이 바뀌어서 전매도 안 되고 전세도 안 되고 몇 년간은 의무적으로 살아야만 했다. 감당 못할 것은 하지 말았어야 하는데. 덥석 당첨은 되었지만 몇 년 동안은 주택정책 때문에 옴짝달싹할 수가 없었다. 전세를 줘서 꾼 돈을 갚으려고 했는데 전세도 안 되고 전매도 할 수 없으니 꼼짝없이 돈이 묶이고 만 것이다. 이자만 꼬박꼬박 늘어나니 잠도 못자고 초조해서 아무것도 할 수가 없었다. 같이 투자를 했던 친구와 사이도 멀어졌다. 친구는 나에게 빌려준 돈 때문에 당장 이혼하게 생겼다며 난리를 쳤다. 본인이 같이 하자 해놓고 돈까지 빌려줄 때와는 딴판이었다. 일이 순조롭지 않으니 모든 원망이 나에게 쏟아졌다.

친구는 내게 결혼도 하지 않은 홀몸이니 다 끌어안고 해결하라며, 자기는 이 일로 이혼 직전이라고 나를 압박했다. 정말 되는 일이 없었다. 할 수 없이 내가 다 떠안았다. 부모님께 마련해 드렸던 잠실 13평 아파트까지 팔아서 빚을 갚고 다른 친한 친구가 사는 상도동 집으로 옮겼다. 쪽방이나 다름없는 곳이었다. 거기에 살면서 우유배달이 끝나자마자 미용학원에 등록해서 미용기술을 배웠다. 다행히 미용기술에 소질이 있었던지 수료하자마자 압구정동에 있는 미용실에 취직이 되어 출퇴근을 했다. 월급은 집에 생활비로 내놓고 원금은 그대로 둔 채 이자를 갚느라 허덕이며 친구집 쪽방에서 지내는 기분이 한마디로 지옥이었다.

열심히 일을 해서 이자를 갚는데 다행스럽게도 빚이 조금씩 줄어가던 때였다. 미용실에 다니면서 그나마 직업이 있다는 생각에 조금은 떳떳했다. 그래서 처음으로 친구들에게 연락을 했다. 졸업 후 한 번도 연락을 하지 않다가 갑자기 전화를 했더니 시큰둥해 하는 친구도 있었다. 반면 내가 어떻게 살고 있는지 궁금해 하는 친구들도 있었다. 오랜만에 친구들을 만나니 그동안의 일들이 마치 한 편의 몹쓸 영화처럼 나만 전혀 딴 세상을 산 것 같은 느낌이 들었다.

친구들은 나와 다른 세상에서 살다 온 것처럼 남자들

과 미팅을 했다며 서로 자랑하느라 떠들썩했다. 미팅이
라는 것을 그때 처음 들었을 정도로 나는 현실과 괴리되
어 있었다. 한 친구가 너무 안됐다며 미팅에 같이 나가
자고 했다. 한편으로는 함께 가고 싶었고, 다른 한편으로
는 내가 초라해 보일까봐 망설여졌다. 친구들은 여유롭
고 안정적인데 나만 외톨이 같아서 내키지도 않았다. 그
런데도 성화에 못 이겨 며칠 후 종로에 있는 다방으로 미
팅을 하러 가기로 했다.

　오랜만에 나를 위해 미용실에서 치장을 하고 미팅 장
소로 나갔다. 막상 다방이라는 곳에 들어가니 마음도 들
떴다. 친구들과 의자에 앉아 있는데 한 남자가 옆에 앉았
다. 가슴이 두근거리고 심장이 콩닥콩닥 뛰었다. 옆에 앉
은 그는 키가 작고 다부진 모습이었다.

　나는 남자를 만난다는 사실도 낯설고 특히 남자 앞에
있으니 입도 굳었는지 할 말도 없을 뿐더러, 할 말이 있
어도 말이 입 밖으로 나오지 않았다. 친구들은 깔깔대고
재밌게 얘기를 하는데 나는 꿔다놓은 보릿자루처럼 아무
말도 하지 않고 듣기만 했다. 미팅시간이 끝나 자리에서
일어났는데 옆에 앉아 있던 남자가 나를 바래다 준다고

했다. 친구들이 손뼉을 치며 나에게 성공했으니 한턱내라고 야단이었다. 미팅에서 바래다 준다고 하면 상대가 마음에 든다는 표시라고 했다.

하지만 나는 가슴이 너무 뛰어서 괜찮다고 인사를 했다. 그러자 그 남자는 그런 태도가 마음에 든다면서 자기는 나처럼 순진한 여성을 좋아한다고 했다. 내가 정말 순진한 것인가. 아름다운 꿈을 꾸어야 할 나이에 집안의 빚 때문에 남자 못지않게 커다란 세파를 헤쳐 나오느라 눈코 뜰 새 없이 거칠게 살았는데, 그런 나를 보고 순진하다는 남자가 어쩌면 나보다 더 순진한 게 아닐까 싶었다. 어쨌든 좋게 봐주는 남자가 싫지는 않았다. 그날 집까지 바래다 준 남자는 헤어지면서 꼭 다시 만나자고, 연락하겠다고 했다. 순간 가슴이 쿵쾅거리기 시작했다.

남자 울렁증

그날 이후로 문득 문득 그 남자가 떠올랐다. 그때마다
가슴이 뛰고 얼굴도 붉어졌다. 그동안 선머슴처럼 집안
을 일으켜야 한다는 사명감에 사로잡혀 다른 생각은 하
지도 않고 할 수도 없던 나에게 그동안 느끼지 못했던 감
정들이 이제야 살아나는 것일까. 여자 친구들을 만났을
때 전혀 느끼지 못했던 생소한 감정이 생겨나서 그 남자
가 떠오를 때마다 괜히 세포들이 긴장하는 것 같고 머릿
속은 어질해지는 기분이었다. 다시 연락하겠다는 남자의
말이 머릿속에 맴돌았다.

며칠 후, 그는 내가 일하는 미용실 앞에 와 있었다. 나 갈까 말까 망설이는 사이 가슴속에서는 방망이질 소리가 점점 크게 울렸다. 저 남자를 만나야 할까, 말아야 할까. 순간 나 자신이 너무 초라하게 느껴졌다. 그날 그 남자와 차를 마시면서 어렵게 내 사정을 말했다. 내세울 만한 직장도 없고 집에 문제도 많아서 한가한 사람이 아니니 더 이상 만나지 않았으면 좋겠다고 힘겹게 말했다. 그런데 그는 이렇게 말해주는 내가 마음에 든다며 꼭 다시 만나 달라고 사정하듯 말했다. 그 남자가 매달릴수록 나는 점점 더 스스로가 초라해져서 다시 만나고 싶지 않다고 간신히 말했다.

그런데도 그는 하루 일과가 끝나면 미용실 근처로 와서 나를 한사코 기다렸다. 그렇게 그의 의지대로 몇 번을 만났는데 주눅이 든 나에게 용기를 가지라고 말했다. 자기도 대단한 집안의 사람이 아니라며 시골에서 그저 그렇게 사는 가정에서 태어났다고 말했다. 하지만 공부를 열심히 해서 고려대학교를 졸업했다고, 자기 집안도 우리 집과 별반 다르지 않으니 주눅 들 필요가 없다고 말했다. 그러면서 자신이 내게 힘이 되어 주고 싶다고 했다. 몇 번 만나는 사이 나도 조금씩 그에게 의지가 되었다. 처음으로 내가 꽤 괜찮은 남자와 만나고 있다는 생각을 하며 뿌듯해졌다. 그를 생각하면 그동안의 일들을 잊을 수 있을 것 같고 대학에 가지 않았어도 그의 대학 시절 이야기를 들으면서 좋았다. 그를 떠올리면 위로가 되고 자긍심도 생겼다. 이제 나도 누군가에게 소중한 사람이 된다는 생각을 하니 사는 의미가 생길 무렵이었다.

어느 날이었다. 미팅에 함께 나가자고 졸랐던 친구한테서 연락이 왔다. 그 친구는 고등학교 때 나보다 성적도 좋지 않았는데 한양대에 청강생으로 다녔다고 했다. 그 친구는 내가 그날 만난 남자와 사귀고 있다는 것을 알고 연락했다. 나는 순진하게도 그 친구에게 자랑 삼아 우리가 데이트 하기로 한 날을 알려 주었다. 그 후 약속장소에 갔는데 나보다 그 친구가 먼저 나와서 내 남자친구와 이야기를 나누고 있었다.

친구네는 정육점을 하고 있었는데 사는 것은 넉넉한 편이었다. 그날 셋이서 만났는데 친구가 끝까지 집에 가지 않고 헤어질 때까지 우리 커플과 함께했다. 그 후로도 몇 번이나 우리가 만나는 날을 어떻게 알았는지 약속 장소에서 마주치곤 했다. 나는 그냥 그 친구가 나도 좋아하고 내 남자친구도 좋아하나보다 생각했다.

그러던 어느 날이었다. 남자친구는 내게 그 친구가 어떤 사람이냐고 심각하게 물었다. 이상한 생각이 들어 왜 그러느냐 물었더니, 저돌적으로 자기에게 달려들어 무서울 정도라고 하면서 자기는 그렇게 강한 여자는 싫다고 말했다. 그런데도 나는 그저 별 의심 없이 '그런가 보다' 하면서 적극적이고 활동적인 친구라고 말해주었다. 그러고는 또 몇 달이 지난 어느 날이었다. 그가 심각한 목소리로 내게 고백할 게 있으니 시간을 내 달라고 했다. 나는 떨리는 마음으로 혹시 결혼하자고 할지도 모른다는 생각을 하며 그를 만나러 나갔다.

나를 마주한 그는 어렵게 입을 열었다. 몇 달 전 내 친구가 하도 졸라서 따로 만났는데 그날 친구네 엄마가 하는 고깃집에 가서 식사를 하고 술도 마셨다고 했다. 그리고 그 친구의 손에 이끌려 술김에 여관에 갔고 둘이 밤을 보냈다고 말했다. 깨어보니 여관방이었고 그 친구가 옆에 있더라는 것이었다. 그날 무척 후회했는데 그 후 친구가 임신을 했다며 이제 자기를 책임져야 한다고 말했단다. 더구나 그 친구의 엄마까지 나서서 자기 딸을 책임지라고 말했다는 것이다. 그는 자신이 뭐에 홀린 것 같다며 너무 당혹스럽다고, 자기는 정말 사랑하는 사람과 결혼하고 싶었는데 애가 생겨 어쩔 수가 없다고 나에게 정말 미안하다고 했다.

결국 그렇게 평생의 반려자가 될 수도 있었을 그와 헤어지게 되었다. 그 후 그를 빼앗아 간 친구를 만났는데 말하는 꼴이 가관이었다. 엄마가 말하기를 그런 남자는 수단과 방법을 가리지 말고 자기 것으로 만들어야 한다고 밀어붙이라고 했다며, 엄마의 작전이 성공했다고 마치 무용담처럼 자랑하듯 나에게 말했다. 어이가 없어서 아무 말도 할 수 없었다. 그 뒤로 그 친구와는 다신 연락하지 않았다.

그런 일이 있은 후부터 남자를 만날 때마다 그 못된 동창이 생각났다. 나는 도대체 왜 당하고만 사는지... 정말 내 자신이 싫었다. 속에서는 '너도 저돌적으로 살아라!' 하는 마음도 생겼지만 도저히 그런 용기를 낼 사람이 못되었다. 그 후로 마음에 쏙 드는 남자도 없었다. 남자를 만날 때 그 친구처럼 당돌하게 계산을 해야 하는데 나는 그런 성격이 못 되었다. 그렇기에 끝내 상처 받는 쪽은 언제나 나였다.

세상일에 그렇게 적극적이라면 이해할 수도 있었다. 그러나 친구가 사귀고 있는 남자를 빼앗기 위해 수단과 방법을 가리지 않고 접근하여 결국 남자를 옴짝달싹 못하게 하고 자신의 목적을 이룬 그 친구가 무섭기까지 했다. 더더구나 자기 엄마가 그렇게 시켰다니 어처구니가 없었다. 친구라면 지켜야 할 인간적 도리가 있다는 생각을 하는 내가 바보였을까, 아니 나를 친구로 생각하기는 했을까? 솔직하게 나에게 고백하는 남자도 그때는 동정을 했었는데 지나고 보니 그 남자도 혹시 내가 싫어서 핑계를 댄 것은 아니었을까 의문이 들기도 했다. 어쨌든 나는 그처럼 어이없이 친구에게 괜찮은 남자를 빼앗겨버렸다.

아이고, 내 팔자야

　나이가 어느새 서른 살을 넘겼는데 마음먹은 대로 되는 게 하나도 없었다. 날마다 초조하기만 했고 나에 대해 모든 것이 자신 없었다. 주변에서 결혼을 하는 친구들에게 연락이 와도 가지 않았다. 빚은 겨우 겨우 이자만 갚기에 바빴고 돈은 더 이상 모아지지 않았다. 내 팔자가 왜 이럴까 그런 생각을 할 때마다 어머니가 쌍가마라서 팔자가 세다던 말이 떠오르곤 했다. 그런 생각을 하면 눈앞이 더 캄캄해서 어느 날 친구를 따라 점을 보러 가자고 꽤 유명하다는 무당을 찾아갔다.

그 무당은 좋은 집안에서 태어나 대학도 졸업했는데 어느 날 신내림을 받아서 꽤 유명세를 탔다고 한다. 나는 도대체 인생이 왜 이렇게 꼬이는지 점이라도 보고 싶었다. 혼자 갈 용기가 나지 않아 별로 친하지도 않은 친구와 함께 점집으로 찾아갔다. 나처럼 점을 보러 온 여자들이 문밖에서 번호표를 받고 대기하고 있었다. 소문대로 꽤 유명한 집인 것 같았다. 초조하게 밖에서 순서를 기다리는데 드디어 내 차례가 왔다.

무당은 유명세와 달리 생각보다 평범해 보였는데 어딘지 모르게 신비감이 느껴졌다. 앉자마자 돈부터 3만 원을 내라고 해서 주었고, 생년월일을 묻길래 생일과 띠를 적은 종이를 건넸다. 무당이 종이에 뭔가를 쓰면서 계산을 하는 듯했다. 한참 후에 나를 뚫어지게 바라보더니 불쌍하다는 듯이 측은한 목소리로 내게 말했다.

"해 줄 말이 없으니 그냥 가세요."

나는 어리둥절했다. 허탈하고 어이가 없었지만 들은 말이 없으니 돈을 돌려달라고 말했다. 그러자 돈을 돌려줄 수는 없고 그냥 가라고만 했다. 너무 화가 나서 봐주지도 않을 거면 돈은 왜 받았느냐고, 당장 돌려달라고 큰

소리를 쳤다.

"이보세요. 차라리 내 말을 안 듣는 게 좋아요. 그러니 그냥 돌아가세요. 자, 다음 손님!"

말이 끝나자마자 다음 손님이 들어왔다. 나는 닭 쫓던 개 지붕 쳐다보는 격으로 우두커니 서 있다가 밖으로 나왔다. 눈물이 왈칵 쏟아졌다. 친구가 내 이야기를 듣더니 자기가 들어가서 자초지종을 물어보겠다고 했다. 대기실에서 친구를 기다리는데 그 시간이 얼마나 비참하고 지루하던지. 한참 후에 친구가 나오더니 망설이다가 말했다.

"너는 결혼을 해도 애가 생기지 않는대. 만약 애가 생겨도 장애인이 될 거란다. 아무리 열심히 돈을 벌어도 다 헛일이래. 네 팔자가 70이 넘어야 그때서야 빛을 보는 팔자래. 그래서 말을 못 해줬대. 그냥 모르고 사는 게 낫다고 하더라."

친구의 말을 들으니 기가 막혔다. 정말 그 점쟁이 말처럼 듣지 않은 것만 못했다. 이런 인생을 살 가치가 있을까 싶어 버스를 타고 돌아오는데 그냥 눈물만 나왔다. 그래서 어머니는 어렸을 때부터 내 팔자가 사납다고 이상한 일들을 시켰구나, 그런 생각이 들었다. 드센 팔자를 순하게 한다고 숟가락도 훔치고 화동도 했는데... 그게 아무 소용이 없다는 말이었다.

그렇다면 내 팔자는 영영 고칠 수도 없이 정해져 있다는 말인가. 결혼을 해도 행복하기는 글렀다는 말이었다. 하긴 서른을 넘겼으니 노처녀라고 좋은 혼처가 나올 리도 없었다. 괜히 점집에 간 게 후회가 되었지만 그 후에도 문득 그 사실들이 떠올라 잊을 수가 없었다.

날마다 한숨만 쉬는 부모님과 함께 있으면 나까지 축 처져서 뭔가 변화가 필요했다. 어머니는 오로지 집안일에 몰두할 뿐 더 나은 생활을 위해서 노력하지도 않고, 글을 모르니 가르쳐 드리려 해도 배우려고 하지도 않았다. 연세가 들수록 고집만 세지는 것 같아 더 안타까웠다. 아버지는 점점 더 용기를 잃고 도통 입을 열지 않으셨다. 아마도 딸 앞에 민망해서 그러셨을 텐데 그런 모습이 너무나 답답하고 숨이 막혔다.

그래도 미용실에 다니면서 빚을 갚고 부모님 생활비를 대면서 어렵게 어렵게 친구와 함께 투자하여 집을 사 놓은 게 있었다. 그 집도 돈이 남아서 산 게 아니라 친구의 권유에 따라 돈을 벌어서 조금씩 갚기로 하고, 조금 무리해서 사채를 얻어 공동투자 한 집이었다. 빚은 갚으면 되는 것이었다. 그 친구는 집을 사 놓고 미국으로 가서 나한테 이자를 받으며 관리를 맡기고 있었다.

그런데 어느 날 갑자기 미국에서 그 친구가 돌아왔다. 신문에 보니 한국의 집값이 엄청나게 올라서 그 집을 팔려고 나왔다고 했다. 나는 친구에게 받을 돈도 있었는데, 그 친구는 그동안 내가 공짜로 살았으니 돈을 더 내고 집에서 나가라고 말했다. 이게 무슨 마른 하늘에 날벼락 같은 말인가? 관리를 해 주는 조건으로 오히려 내가 도움을 주었는데, 자기 언니들과 합심해서 나를 빚쟁이로 몰아세웠다. 큰길가에 지나가는 사람들이 나를 흘끔거리는데 얼마나 창피한지 도대체 부끄러워서 얼굴을 들 수가 없었다. 내 몫은 한 푼도 받지 못한 채 졸지에 양심 없는 사람으로 몰아세워지는데 제정신으로는 당할 수가 없었다. 그 상황을 견딜 수가 없어서 결국 홧김에 모두 넘겨주고 말았다.

그리고 나니 세상이 회오리바람처럼 느껴졌다. 간신히 하나를 피하고 나면 점점 더 큰 회오리바람이 휘몰아쳤다. 관리해주던 그 집도 팔리니 갈 곳이 없었다. 위로가 필요했다. 문득 친구들이 보고 싶어졌다. 몇몇 친구한테 연락을 해서 만나기로 했다. 하지만 친구들을 만나고 보니 내 존재가 더 형편없이 느껴졌다. 다들 결혼해서 가정을 꾸리고 애도 낳고 알콩달콩 살고 있었다. 신랑이며 아들 딸 얘기를 늘어놓으면서 자랑하는데 나는 서른이 넘을 때까지 무엇을 하고 살았는가 자괴감이 들었다. 도대체 왜 이렇게 나이만 먹고 아무것도 이루지 못했을까 생각하니 당장 친구들 얼굴보기가 민망하고 창피했다.

친구들과 헤어진 후 집으로 돌아오는데 하염없이 눈물이 흘렀다. 연세가 많아 나만 바라보는 부모님 얼굴도 떠올랐다. 부모님은 나를 똑똑한 딸이라고, 땅도 찾고 내 덕에 집도 팔 수 있었다고 대견해 하는데 스스로는 참으로 비참하기 그지없었다.

첫 번째 결혼

언젠가 다른 친구의 소개로 은행에 다니는 남자와 몇 번 데이트도 했다. 내가 돈을 잘 벌지 못하니 데이트를 할 때마다 자존심이 상했다. 만날 때마다 나 자신이 초라해지고, 더 이상 그런 만남은 이어가고 싶지 않아서 몇 번 만나다가 그냥 헤어졌다. 집 문제 때문에 아름다운 청춘을 다 보내고 험악한 꼴을 당하면서 그악스럽게 세상과 싸우고 나니, 다시는 그렇게 살고 싶지 않았다. 그냥 좋은 남자 만나서 행복한 아내가 되고 싶었다. 어릴 때 살았던 일본식 집처럼 푸른 정원수가 있고 잔디마당이 있는 아름다운 집에서 사모님 소리를 들으며 살고 싶다는 꿈을 꾸었다. 그러나 그 꿈은 너무도 막연해서 왠지 나와는 상관없는 것처럼 느껴졌다. 그런 꿈을 꾸는 일조차도 나와는 어울리지 않을 것 같은, 다른 사람의 꿈인 듯 했다.

무슨 일을 또 찾아서 해야 하나, 여기저기 일자리를 찾아 기웃거리고 다녔다. 어느 날 잠실에 살 때 알던 언니를 찾아갔다. 그 언니는 영동시장에서 스탠드바를 운영하고 있다고 했다. 언니는 내게 산다는 것은 무슨 일을 하든지 자기 일이 있어야 한다며 기운 없이 놀지만 말고 스탠드바를 같이 해보자고 말했다. 그때는 절박했기 때문에 그 말을 받아들이기로 했다.

처음 1년 정도는 눈코 뜰 새 없이 바빴다. 잠실 개발과 영동 개발이 한창일 때라 한마디로 돈이 도는 곳이어서 그런지 스탠드바 장사가 예상외로 잘 되었다. 그러다 1년이 지났을 때였다. 함께 하던 언니가 힘이 들어 쉬고 싶다며 가게를 나에게 넘겨 줄 테니 혼자 해보라고 했다. 하던 일이라 괜찮을 것 같아서 그러겠다고 하고 가게를 받아 계속 했다.

하지만 남자들을 상대로 하는 일이라 손님을 끌려면 애

교도 부리고 상냥해야 했는데 나에게는 그런 면이 부족했다. 혼자서 6개월 정도 운영하는데 아무래도 그 언니와 함께 할 때보다는 손님이 적었다. 그 무렵 스탠드바를 자주 드나들던 여자가 있었다. 내가 전처럼 장사가 잘 안 된다고 했더니 자기가 손님을 끌 자신이 있다면서 함께 하자고 졸랐다. 그 여자는 같은 여자인 내가 봐도 애교덩어리였다. 웃을 때마다 보조개가 귀엽게 들어가는데 남자 손님들을 대할 때면 인기가 많아 그 여자를 보기 위해 오는 손님들이 늘어날 정도였다. 덕분에 손님이 늘어서 매일밤 새벽까지 정신없이 바빴다. 나는 그 친구에게 날마다 일당을 주면서 운영했는데 얼마쯤 지나자 그렇게 계산을 하는 것에 불만이 있는 것 같았다. 그러나 워낙 바빠서 매일 새벽에 들어와 몇 시간 자고 바로 또 나가느라 다른 일에 신경 쓸 여유가 없었다.

어느 날 새벽에 들어와 잠깐 눈을 붙이고 일어났을 때였다. 그 여자가 갑자기 자기 지갑에 돈이 없어졌다며 야단법석을 떨었다. 나는 늘 함께 있었기 때문에 찬찬히 찾아보라고 말했다. 그런데 제대로 찾으려고 하지도 않고 나를 의심하는 것 같았다. 순간 어이가 없어서 지갑을 보여주며 나를 의심하느냐고 따졌다. 그랬더니 갑자기 경찰을 불러 조사를 해 보겠다면서 노골적으로 나를 도둑 취급하는 것이 아닌가.

너무나 어이가 없고 자존심이 상해서 그런 여자와 1분도 함께 마주 대하고 싶지 않았다. 그 와중에 자기가 손님을 다 끄는데 일당으로 계산한다며 불만을 쏟아냈다. 그 모습을 보자 돈이 없어졌다는 것은 하나의 구실이라는 걸 알 수 있었다. 한번 벌어진 사이가 회복할 수 없는 사이로 벌어졌다. 굶어 죽을지언정 저런 인간하고는 일분일초도 같이 있고 싶지 않아 며칠 후 내가 가진 돈을 다 털어주고 확 나와버렸다.

억울하긴 했지만 계획적으로 벌인 일이 분명한데 끝까지 싸우며 애원하고 싶지도 않았다. 그 여자는 나의 그런 급한 성격을 이용했는지도 모른다는 생각이 나중에서야 들었다. 결국 또 실업자가 되었다. 며칠을 이리저리 돌아다니다가 또 다른 언니를 찾아갔다. 언니가 내 얘기를 듣고는 불 같은 성격을 좀 죽이라고 했다.

하지만 타고난 성격을 고치기가 어디 쉬운가. 언니는 내 사정이 딱하다며 자기 집에서 지내라고 했다. 언니의 남편은 당시 베트남에 다녀왔는데 돈을 많이 벌어와서 송수관을 만드는 큰 사업을 했다. 돈도 아주 많고 건물도 여러 채 가지고 있는 부자였다. 그 집에서 지내며 이것저 것 닥치는 대로 일을 했다.

그 무렵 어떤 남자가 끊임없이 찾아왔다. 스탠드바에 오던 손님이었는데 보온병에다가 몸에 좋은 약차를 담아 주면서 나보고 몸을 챙기라고 했다. 내가 그토록 동정을 살 만큼 허약해 보였는지도 몰랐다. 그 남자는 내가 힘들 어 보이면 위로도 해 주고 보호자처럼 굴었다. 알고 보니 스탠드바 가까운 곳에서 사는 남자였고, 자기 외삼촌 가 게에서 일을 하고 있었다. 나를 자주 찾아오니 주변에서 도 그 남자가 나에게 관심이 있다는 것을 알게 되었다. 나 도 그 사람이 싫지는 않았다. 그는 스탠드바에 다닐 때부 터 나에게 이런 일을 할 사람이 아니라며 은근히 추켜세 웠다. 주변에서 나를 아는 사람들이 그를 보고는 좋은 사 람 같다면서 더 늦기 전에 결혼을 하는 게 어떠냐고 했다.

"너도 나이를 생각해야지. 그 남자 군대도 다녀왔고 믿 을 만한 삼촌 밑에 있는데 그만 그 사람과 결혼하는 게 어때? 결혼이 너무 늦었잖아. 이제 안정을 찾고 정착해야지."

나를 아끼는 사람들의 권유에 나도 조금씩 마음이 열렸다. 그 무렵 내 몰골은 말이 아니었다. 날마다 옥죄는 은행 이자에 사채 이자까지 겹쳐 얼굴에 기미가 새까맣게 끼고 몸은 바람만 불어도 날아갈 것처럼 휘청거릴 때였다. 혼기를 놓치고 힘들게 세파에 휩쓸리며 사는 게 지겹지도 않느냐, 그 남자 괜찮은 것 같으니 서로 마음을 합쳐 부부의 연을 맺어라, 세상에 자기 마음에 쏙 드는 남자는 없다, 서로의 처지를 알고 위로하면서 살면 그게 부부다 등... 나를 재촉하는 사람들이 늘어났다.

어느 날이었다. 그는 자기 삼촌이 결혼을 시켜 줄 테니 나를 데리고 집에 한 번 오라고 했다며 삼촌네 집에 같이 가자고 재촉했다. 그렇게 떠밀리다시피 그 남자의 삼촌이란 사람 집으로 갔다. 난 아무것도 없는 상황에서 부모님 보살피며 하나밖에 없는 남동생 교통정리에 허덕일 때라 결혼에 대해 막연하게 생각하고 있었다. 그런데 삼촌이란 사람이 나를 보더니 당장 자기 조카와 결혼을 시켜 준다며 서둘렀다.

그 남자도 노골적으로 말했다.

"너는 이 나이 먹도록 이름만 여자지 화장도 할 줄 모르니 이제 결혼해서 안정되게 살자."

누가 내게 그런 말을 했을까? 그런 말을 한 사람은 그 남자가 처음이었다. 그렇게 뭔가에 홀린 듯이 그야말로 번갯불에 콩 볶듯 급하게 결혼이란 걸 했다. 그때 내 나이 서른일곱이었다. 그 남자는 나보다 여덟 살이 많았는데 그 삼촌은 결혼만 하면 전셋집이라도 해줄 것처럼 말했었다. 그래서 서둘러 결혼을 했더니 대뜸 건물 한쪽에 겨우 방 한 칸 만들어서 살라는 게 아닌가.

남편이 된 남자는 결혼을 하고 나니 완전 다른 사람이 되어버렸다. 결혼 전에는 나를 위로하고 따뜻하게 대해주더니, 결혼을 하자마자 노골적으로 나이가 많은 여자와 결혼해 준 것만도 고마워하라면서 콧대를 세웠다. 뿐만 아니라 매사에 나를 무시하면서 자기는 너무나 당당하게 굴었다. 결혼은 해도 후회하고 하지 않아도 후회한다는 말을 실감하는 데 그리 오래 걸리지 않았다. 이제 되돌릴 수도 없었다. 너무 급하게 결혼을 한 스스로가 바보 같았고 어이가 없었다.

결혼 전에는 자기 삼촌 건물이 몇 채가 있고, 극장에 학교재단 이사장, 빌딩이 세 채라는 둥 허울 좋게 떠벌리더니, 막상 결혼을 하고 보니까 삼촌이란 사람은 남이나 마찬가지였다. 안 하니만 못한 결혼을 했구나 싶어 배신감이 들었지만 이미 엎질러진 물이었다.

'그래. 내 팔자에 언제 호강이란 게 있더냐. 이왕 이렇게 된 일, 또 돈을 벌어야 한다.'

그렇게 생각하고 일자리를 찾다가 건물 청소를 시작했다. 처음에는 청소를 한다는 사실에 자존심이 상했다. 겨우 얻은 일자리가 누구나 할 수 있는 청소라니. 게다가 사람들은 청소부라는 직업을 하층민의 일로 인식했다. 사람들뿐만 아니라 나 자신도 마지막으로 할 수 있는 일이 없을 때 최후의 보루가 청소라는 생각을 하던 때였다.

그래서 스스로 부끄러운 생각이 들 때마다 사람들이 나를 알아볼까봐 숨기에 바빴다. 그렇게 청소 일을 하면서 비참한 심경을 달래듯 청소라는 일에 대해 자부심을 가지려고 노력했다. 더러운 것을 깨끗하게 하는 일이 청소였다. 내 손길 덕분에 사람들이 상쾌함을 느끼고, 쾌적한 환경을 만드는 일 아닌가. 청소를 하면 모든 것이 새롭게 변했고 청소가 되지 않았을 때의 모습과 깨끗이 청

소를 마무리한 후의 모습은 천양지차였다. 그렇게 청소
일을 긍정하면서도 그 일을 계속하리라고는 전혀 생각
지 않았다.

혹 청소를 하다가 아는 사람과 마주칠까봐 직장은 되도
록 집에서 멀리 있는 곳으로 다녔다. 같이 일하는 사람들
은 집 가까운 곳에서 다니지 뭣하러 이렇게 멀리까지 와
서 일을 하느냐, 시간도 많이 걸리고 출퇴근이 힘들 텐데
이해할 수가 없다고 나를 이상하게 대했다. 하지만 나는
청소가 나의 천직이 되리라고는 생각지 않았기에 나를
아는 사람들에게 청소하는 모습을 보이고 싶지 않았다.
청소가 그 뒤로 나의 인생에 어떤 영향을 줄지, 어떻게 내
마음을 변화시킬지 그때는 전혀 알지 못했다.

2부

좌절할 때마다 청소를

쓸고 닦으며

내 삶 자체가 정상궤도를 이탈한 지 오래라고 스스로 생각하며 살았던 탓인지 어디에서도 안주할 수 없었다. 결혼이라는 환상에서 깨어나자마자 첫 번째 일터가 청소였는데 아무리 긍정하려고 해도 내 일은 따로 있을 것만 같았다.

그래도 답답한 일상에서 아침 일찍 집을 나선다는 것이 위로가 되었다. 남편이란 사람의 시야에서 아침 일찍 벗어날 수 있음을 좋아하는 것은 정상적인 부부가 아니라는 반증이었다. 일터에 나오면 홀가분했다. 청소 일을 함께 하는 사람들은 정상적으로 결혼 적령기에 했기 때문에 아이들도 거의 다 성장한 후라 매인 게 없어서 이성관계도 자유로운지 모르겠지만 나는 결혼이라는 걸 했어도 아이가 없어 더 허전한지도 몰랐다.

채워지지 않는 막연한 욕망의 그늘에서 마흔에 찾은 직업에도 긍정과 부정을 수시로 반복해야 했다. 나도 여자이기 때문에 애를 갖기엔 너무 늦었다고 생각하면서도 그 본능을 아주 포기하기에는 아쉬움이 컸다. 청소부라는 직업은 다른 사람과의 접촉이나 관계가 없이도 자유롭게 일을 할 수 있어서 좋았다. 묵묵히 내게 주어진 장소를 쓸고 닦고 정리하면서 언제부터인가 내 삶에 대해서도 청소의 이론을 자연스럽게 적용하게 되었다.

청소 일을 하는 곳들은 거의 강남권이었는데 일반적으로 생각하기 쉬운 청소부들의 삶과는 괴리가 깊다는 것을 많이 느꼈다. 일단 출근할 때의 모습과 퇴근할 때의 모습은 천양지차였다. 대부분 청소 일은 새벽에 시작된다. 사람들이 일상 업무를 하기 전에 일찍 출근해서 청소를 하는데 오후에는 대부분 퇴근을 일찍 했다. 퇴근시간이 되면 다른 청소부들은 다들 일류 멋쟁이로 변했다. 내 눈에는 최고의 멋스러움이 느껴지는 패물들로 장식하고 화려한 패션으로 치장하고 퇴근했다.

'어디를 가길래 저렇게 화려하게 차려 입을까? 분명 집으로 가는 건 아닌 것 같은데.'

그 의문을 푸는 데는 그리 오랜 시간이 걸리지 않았다. 내가 보기엔 대부분 남편이 있는 여자들이었는데 거의 애인이 있었다. 심지어 애인이 없는 나 같은 사람은 바보 축에 끼었다는 생각이 들 정도였다. 몇 사람을 제외하고는 멋쟁이가 되어 데이트를 나가거나 춤을 추러 다닌다는 사실을 알게 되었다. 그 이후 그들을 바라보는 내 시선이 고울 수가 없었다. 그런 사람들 틈에서 쓰레기를 치울 때마다 인간쓰레기는 되지 말자고 생각할 때도 많았다. 물론 나처럼 할 일을 찾다가 비교적 쉽게 청소 일을 시작한 사람들도 많았다.

쓰레기에도 격이 있었다. 버리는 사람의 인격에 따라, 직업에 따라, 버리는 쓰레기들의 종류와 질이 달랐다. 묵묵히 쓰레기들을 비로 쓸어 모으면서 나도 모르게 삶의 철학을 생각했고 내 손, 내 몸의 노동으로 새롭게 깨끗해지는 공간들이 위안으로 다가왔다. 그래서 보통 사람들이 생각하는 청소부라는 직업이 보편적인 인식보다 더 성스러운 일이라는 자긍심을 점점 갖게 되었다.

주변을 깨끗하게 하는 직업. 이 단순한 논리로도 청소는 위대한 직업이라고 자위했다. 그러면서도 이 일을 끝까지 할 생각은 없었다. 더 좋은 일을 찾기 위해서 거쳐가는 직장 정도로 생각했다. 항상 뭔가 새로운 일을 찾는게 일상이 되었기 때문인지 늘 주변을 두리번거리게 되었다. 그 무렵 남편이 부쩍 아이를 갖지 못하는 것에 대해 불만이 많았다. 누가 문제가 있을까. 나 때문일까, 남편 때문일까. 그 문제에 직접 대처해 보기로 했다.

용서할 수 없는 남자

결혼한 지 2년이 지날 때까지 애가 생기지 않았다. 부부싸움을 할 때마다 남편이 내게 애도 못 낳는다고 구박을 하기 시작했다. 매달 생리를 하는데 내가 나이가 많아서 애가 들어서지 않는 걸까 궁금했지만 그냥 기다리는 수밖에 없었다. 특별한 직업이 없이 무위도식하던 남편은 드디어 놀음에 손을 대었다. 나는 남편이 그럴수록 악착같이 일을 했다. 당시 열심히 주택부금을 넣어 상계동에 청약을 넣었는데 운 좋게 당첨이 되었다. 결혼할 때마련해 준 지긋지긋한 방 한 칸 살림을 정리해서 상계동

새집으로 들어갔다.

새집에서 잘 살아보고 싶었지만 남편은 내가 아이를 못 갖는다며 점점 불만이 쌓여갔다. 내가 버는 돈에 의지해서 화투판을 기웃거리는 주제에 툭하면 아이를 못 낳는 여자라고 시비를 걸었다. 아이가 생기면 제대로 가장 노릇을 할까 싶었다. 정말 나에게 문제가 있는 걸까? 나도 우리 둘 중에 누가 잘못인지 몹시 궁금했다. 꼬박꼬박 생리를 하는 걸 보면 나에게 문제가 있는 것 같지는 않았다.

어느 날 남편에게 함께 병원에 가보자고 말했다. 남편이 펄쩍 뛰면서 자기는 아무 이상이 없다고 창피하게 무슨 병원이냐며 오히려 화를 냈다. 부부가 함께 검사를 받고 싶었는데 남편이 가지 않겠다고 해서 결국 나 혼자 산부인과를 찾아갔다. 이것저것 검사를 해보더니 아무 이상이 없다고 했다. 소견서를 받아와서 남편에게 내밀었다. 남편은 소견서를 보면서 자기는 아무 이상이 없다고 고개를 저었다. 나는 계속해서 남편에게 검사를 해보라고 권했지만 내 말을 들으려고도 하지 않고 나한테 문제가 있다고만 윽박질렀다. 내가 이상이 없다는 걸 알고 난 후부터 혼자 당하기만 할 수는 없었다. 부부싸움을 할 때마다 남편에게 검사를 하라고 맞섰다.

새 집으로 들어갔지만 혼자 버는 돈은 늘 불안했다. 결국 아파트는 전세를 놓고 만화와 비디오 가게를 알아보러 다녔다. 그러는 과정에서 마침내 남편이 병원에 가서 검사를 했다. 예상대로 남편은 무정자증이었다. 자식 복이 없다고 하던 무당의 말이 그제야 생각났다. 아쉬울 것도 없었다. 팔자가 그러려니 하면서 열심히 일만 했다. 무위도식하는 남편을 제대로 살게 해보려고 취직도 시키고 운전면허도 따게 했다. 애를 못 낳는다고 구박을 심하게 하더니 자신에게 문제가 있다는 사실을 알고부터는 아예 아이 얘기는 꺼내지도 않았다.

그 후 도봉동에 만화, 비디오 가게를 냈다. 처음에는 무척이나 잘 되었다. 24시간 풀가동 했는데 어느 날 남편이 말했다. 낮에만 내가 하고 저녁에는 자기가 하겠다고. 그동안 못한 것 다 해 주겠다고 말했다. 나는 이제야이 작자가 정신을 차리려나 보다 생각하면서 기대를 갖고 허락했다. 그러나 믿는 도끼에 발등이 찍힌다고 했던가. 몰래 놀음에 손을 대서 보름 정도는 돈을 내놓더니그 후부터 뭔가 낌새가 이상했다. 끝내 집에 들어오지도 않았다. 남편의 상황을 파악한 뒤 너무 속이 상하고 분하여 야구방망이를 들고 찾아다니면서 인근 당구장을 뒤져 봐도 없었다.

나도 진력이 나서 포기 상태였는데 가까운 친구가 충고하듯 말했다. 남편의 버릇을 고치려면 집에 들어앉아 아무것도 하지 말라고. 죽이 되든 밥이 되든 남편이 벌어오는 것으로 살아야 그 버릇을 고칠 수 있다고. 그래도 남편을 믿을 수가 없었다. 일벌레처럼 매일 반복되는 삶을 살려니 철장에 갇힌 것처럼 답답했다. 남편이라고 있어도 도와주지도 않고 삶이란 것에 싫증이 나기 시작했다.

그때 이혼이라는 것은 생각지도 못했다. 그런데 남편은 능력도 없이 놀고먹으면서 놀음까지 하고, 툭하면 폭력과 욕설을 퍼부었다. 그런 남편을 제대로 된 사람으로 만들어 보겠다고 운전도 배우게 하고 공장에 취직도 시켜줬고, 뒷바라지도 열심히 했는데 어느 날부터 내 삶이 너무 허탈했다. 그래도 거기까지는 참을 수 있었다. 그러나 남편을 지방에 있는 건설 공사장으로 보냈을 때였다. 그는 주말이 되어도 집에 아예 들어오지도 않았다. 수소문을 해서 알아보니 지방에서 유부녀와 둘이 지내고 있었다. 공사장에서 번 돈으로 유부녀 애인에게 용돈과 고기와 옷을 사다 바쳤다는 걸 알았을 땐 더 이상 참을 수가 없었다. 나한테는 10원 한 장 안 쓰는 인간이 다른 여자에게 화장품을 사주고 알콩달콩 살았다는 것이 도저히 참을 수가 없었다.

그때의 나는 일벌레처럼 미친 듯이 일만 하고 있었다. 그렇게 땅을 매입하고 전원주택을 짓고 있었는데 남편이란 작자가 지방에서 여자에게 빠져있다니. 모든 것이 물거품처럼 느껴져 당장 부동산에 짓던 집을 내어 놓았다. 그런데 곧바로 어느 부부가 계약을 했다. 그렇게 짓던 집을 판 돈으로 상계동 아파트 전세 세입자를 내보내고 내가 거기에 들어갔다.

한 달 후 법원에서 갑자기 아파트 압류딱지가 날아왔다. 깜짝 놀라 뜯어보니 남편이란 작자가 노름빚을 갚기 위해 아파트를 담보로 사채 빚을 써서 기한 내에 갚지 못해 압류를 당한 것이었다. 내가 당첨된 청약이었지만 아파트 명의는 남편 앞으로 했었다. 땅을 치고 후회해 봐도 이미 소용없는 일이었다. 그 시절엔 거의가 부동산을 남편 이름으로 하던 때였다. 나는 이를 갈며 남편이 들어오기만 기다렸다. 그러는 와중에도 놀면 안 되는 상황이어서 주스 배달일을 시작했다.

얼마 후 남편이 들어와 싹싹 빌면서 용서를 구했다. 마음이 약한 나는 때려 죽여도 모자랄 판에 또다시 흔들렸다. 결국 다시는 그런 일을 만들지 말아 달라고 신신당부한 뒤 용서를 했다. 그러나 얼마 후에 또 압류딱지가 날아왔다. 더 이상은 참을 수가 없었다. 아니, 참아서도 안 되었다. 바로 아파트를 매매해서 빚을 청산하고 나 혼자 지하 셋방으로 옮겼다. 이제 나이가 많아 쓸모없는 여자가 되었다는 자괴감에 살고 싶은 의욕도 생기지 않았다.

이제 현모양처의 꿈은 꿀 수도 없었다. 왜 일찍 결단을 못 내렸을까 후회하면서도 또 무슨 미련이 남았는지. 주스 배달을 하는 데 기동력이 필요하다 했더니 남편이 할부로 갚아준다고 해서 차를 뽑았다. 그런 작자가 할부로 갚아 준다는 말을 믿었으니 나야말로 구제불능 여자였다. 한두 달은 할부 돈을 내놓더니 어느 날 또 자취를 감추어버렸다. 왜 미리 이혼을 못했을까 후회가 되었지만 이미 지나가버린 실수였다. 이제는 진짜 그와의 인연을 끊을 때였다. 나는 가출신고를 내고 남편과 매정하게 정리를 해버린 후 의정부로 이사를 했다.

당시에는 내가 이사를 해버리면 다시는 찾아올 수 없을 것 같았다. 이사를 하고 나니 무거운 짐을 내려놓은 것처럼 홀가분했다. 아무 미련도 없었다. 그만큼 부부의 정이 깊지 않았던 것이다. 새출발을 한다고 생각하니 그래도 희망이란 게 생기는 것 같았다. 그렇게 첫 번째 결혼 생활이 끝났다.

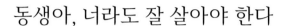

동생아, 너라도 잘 살아야 한다

남편과 정리 후 의정부에 세를 얻어 살기 시작했다. 젊은 여자가 자식도 없으니 사람들이 곱게 보지를 않았다. 그래도 나는 아는 사람이 없는 낯선 동네가 오히려 편했다.

그러나 삶은 갈수록 순탄치가 않았다. 사는 게 얽히고 설켜서 허덕일 때 하나뿐인 남동생이 만화가게를 도와주었다. 첫째 동생을 백혈병으로 잃은 터라 나도 부모님도 둘째 동생이 얼마나 귀한지 몰랐다. 동생은 얼굴도 허옇고 키도 크고 체격도 좋아서 사람들이 호감을 가졌다. 그런 동생이 결혼이 늦어 나이가 서른이 넘었으니 부모님도 나도 초조했다. 결혼을 할 나이가 지났는데 무슨 팔자인지 나처럼 결혼이 성사되지 않아 부모님이 더 애를 태웠다.

그 무렵 친구 동생이 보험회사에 다녀서 내가 보험도 들어주었다. 그 일을 계기로 친구 동생이 내 동생에게 여자를 소개해 주었다. 그때부터 소개 받은 여자를 만나더니 서로 가까워지는 것 같았다. 내 눈에도 동생이 만나는 여자가 복스럽고 통통하게 생겨서 마음에 들었다. 나도 결혼이란 것을 해서 성공은 못 했지만 동생이 혼자 사는 게 안쓰러워 어서 결혼을 하라고 재촉했다. 결혼이 늦은 나 때문에 부모님 속이 새까맣게 타들어 갔는데 동생이라도 얼른 짝을 만나서 부모님을 기쁘게 해드리면 좋겠다 싶은 마음이었다.

동생은 자기가 적금을 들었던 돈 2천만 원과 내가 준 1천만 원을 합쳐서 여자에게 3천만 원을 주며 신혼집을 얻으라고 했다. 나는 동생댁이 될 여자에게 멀리 가지 말고 우리 동네에 집을 얻어 가까운 곳에서 함께 살자고 했다. 나는 가게를 비울 수가 없어서 신혼집을 알아보러 다니는 데 함께할 수 없었다. 며칠 동안 우리 동네를 알아보는 것 같더니 끝내 우리와 멀리 떨어진 목동 쪽에 큰 가게를 얻었다고 했다. 기존 세입자는 이불가게를 하고 있었는데 그 가게를 내보내고 자기가 동대문에서 옷가게를 하니까 옷장사를 하겠다고 했다. 가게 규모가 꽤 커서 큰 가게를 어떻게 꾸려나가려고 하나 걱정이 되었다.

동생댁은 가게 한쪽에 방을 들이면 비용이 절약된다고 했다. 동생은 페인트 일을 했는데 일정한 직업이 아니라서 자기가 장사를 해야 된다며 잘 살아보겠다고 염려하지 말라고 했다. 머리로는 기특하다고 생각했는데 마음속에서는 알 수 없는 불안감이 자꾸만 들었다.

아니나 다를까, 동생댁은 몇 달 만에 3천만 원을 고스란히 날려버렸다. 나는 더 이상 신경을 쓸 수가 없다고 동생 부부한테 냉정하게 말했다. 얼마 후 동생댁은 돈을 빌려서 화곡동에 전세를 얻었다며 걱정하지 말라고 했다. 동생 내외한테 제발 너희라도 잘 살아야 한다고 했더니, 애들 낳고 잘 살 거니까 누나는 콩이야 팥이야 간섭하지 말라고 했다. 피붙이라고 동생 하나뿐인데 자기들 삶을 염려해서 한 누나의 말에 간섭하지 말라는 대꾸가 얼마나 서운한지 몰랐다. 내가 애도 없이 사는 게 동생댁의 눈에 한심하게 보인 걸까. 그 때문에 나를 무시하고 있는 걸까. 혈연으로 엮인 동생과 동생댁의 말이 나에게는 큰 상처가 되었다.

'그래. 우선 내가 일어서야 해. 그래야 무시를 못하지.'

나는 새로운 일을 찾기 위해 또 친구를 찾아갔다.

그 친구는 동대문에서 옷장사를 크게 한다고 했다. 나를 보더니 놀고 있지 말고 자기 가게에 나오라고 했다. 무엇인들 못하겠는가. 친구 남편도 적극적으로 환영한다면서 당장 일을 시작하라고 했다. 그 친구는 부자가 되어 강남에 아파트도 있고 외제차에 애들도 아들 딸 둘을 두고 있었다. 부러울 것 없이 모두 갖춘 친구였다. 그 친구와 친구 남편이 잠실 매장을 나한테 줄 테니 열심히 장사를 해보라고 권했다.

나는 친구가 권하는 대로 잠실 매장에서 옷장사 일을 시작했다. 친구는 내가 오갈 데가 없으니 자기 집에서 지내라고 하며 애들 자는 방을 함께 쓰라고 했다. 나도 의정부까지 너무 멀어서 출퇴근이 어려웠기 때문에 그 친구의 말대로 하기로 했다. 하지만 아이들 자는 데서 잠만 자는데도 여간 불편한 게 아니었다. 친구는 나에게 적선이라도 한 듯 기고만장해서 자존심이 많이 상했지만 어떻게든 돈을 모아 한시바삐 그 집에서 나올 생각으로 이를 악물었다.

그때는 텔레비전이 새로 나와서 연속극이 꽤 인기가 있었다. 〈미워도 다시 한 번〉이라는 영화가 유행할 때였는데 〈여로〉를 방영했던 것 같다. 하루는 그 친구가 자기 방에 와서 연속극을 보라며 불렀다. 갈까 말까 하다가 아이들이랑 함께 있는데 잠도 오지 않아 안방으로 가서 TV를 보고 있었다. 그런데 내 뒤쪽에서 이상한 신음소리가 났다. 무슨 일인가 싶어 고개를 돌렸는데 세상에, 나를 한 방에 두고 부부가 잠자리를 하고 있는 것이 아닌가!

순간 어찌나 당황스러운지 가슴이 두근거리고 얼굴이 확 닳아 올라서 그 방에서 도망치듯 나와버렸다. 그날 밤 아무리 생각해도 이튿날이 되었을 때 다시 그 부부의 얼굴을 마주 대할 수가 없었다. 어떻게 혼자 사는 나를 같은 방에 두고 그런 행동을 할 수 있나 도저히 이해할 수가 없었다.

한 푼이라도 벌어서 부모님 생활비를 드리고 돈을 모으는 게 내 임무였는데 어젯밤 일은 수모를 당한 것 같아 참을 수가 없었다. 그날 밤 당장 짐을 챙겨 그 집을 나와버렸다. 남동생의 삶도 내 삶도 떠도는 부초처럼 안정이 되지 않아 부모님이 많이 걱정했다. 누군들 안정되게 잘 살고 싶지 않은 사람이 있을까. 무슨 일을 시작할 때마다 잘하려고 해도 나도 동생도 세상이 녹록지 않았다.

다시 세상에 홀로 남겨지다

내 삶이 여의치 않으니 부모님도 자주 찾아뵙지 못했다. 동생도 근근이 살고, 나도 날마다 허덕이는 삶이라 용돈도 제대로 드리지 못해 부모님의 삶이 몹시 곤궁했다. 그렇게 사는 부모님의 모습을 마주 대하기가 싫어서 자주 찾아뵙지 않았지만 마음은 항상 미안하고 짐스러웠다.

그러던 중 어느 해 1월 1일에 아버지가 돌아가셨다. 허망하기 짝이 없었다. 제대로 작별인사도 못한 채 하필이면 정월 초하루에 세상을 떠나다니. 한국전쟁 때 어머니

뱃속에 있던 내가 잘못될까봐 피난도 안 가고 아내를 지켜냈던 아버지는 자식들의 효도도 받지 못한 채 갑자기 생을 마감하셨다.

하필이면 정월 초하루라서 모든 것이 여의치 않았다. 인기척도 없는 영안실이 쓸쓸하고 적막했다. 자식들이 잘 되었으면 문상객도 많을 텐데 지인들도 다들 설을 쇠러 지방에 내려가고 나도 경조사를 챙길 만큼 여유로운 삶을 살지 못한 채 허덕이며 발 앞의 일들만 겨우 겨우 챙기다 보니 아버지가 돌아가셨다고 찾아오는 이들도 별로 없었다. 이틀 동안 새벽까지 날밤을 새우고 조용히 장례를 치렀다.

중년을 넘어서부터 무능했던 아버지는 마지막 유언으로 나에게 미안하다는 말을 남겼다고 했다. 그러면서 길에서 죽지 않고 내 집에서 죽을 수 있게 해준 나에게 고맙다는 말을 했다고 어머니가 전해 주었다.

아버지가 돌아가시고 난 후 우울증이 왔는지 도무지 음식이 목으로 넘어가지 않았다. 약을 사 먹어도 안 되고 결국 병원에 갔더니 위염이 너무 심해 수술을 받아야 한다고 했다. 수술한 뒤 겨우 3개월을 쉬고 다시 생활전선으로 나가면서 혼자가 된 어머니와 살림을 합치자고 졸랐다. 아버지가 갑자기 돌아가시고 나니 혼자 사는 어머니가 걱정이 되어 함께 모시고 살면서 부족하나마 효도도 하고 싶었다. 그 즈음 일산에 투자했던 집을 팔고 의정부 수목원 쪽에 경매로 산 진벌리 땅에 집을 지을 생각이었다.

어머니도 홀로 지내는 것보다 혼자 된 딸과 함께 지내는 게 좋을 것 같다고 내 말을 따랐다. 우선 변두리에 합판으로 집을 짓기로 했다. 어머니와 둘이 살 방을 만들고 앞마당에는 꽃도 심었다. 꽃을 모종하면서 내 남은 삶도 이렇게 꽃밭처럼 가꿔나가면 언젠가는 빛을 보고 꽃이 필 날이 있을까 아름다운 상상도 했다.

혼자 사는 어머니를 곁에서 잘 모시려고 살림을 합쳤지만 마주칠 때마다 나를 걱정하는 어머니를 대하는 게 짜증이 나기도 했다. 자식도 없이 혼자 고생만 하는 딸을 볼 때마다 어머니가 걱정을 하면 차라리 내 모습을 보여주지 않는 것이 효도라는 생각이 자주 들었다. 부모와 자식 간의 갈등은 영원한 숙제처럼 서로 마주할 때마다 서로를 확인하게 되는 것이 오히려 좋지 않다는 생각이 들었다.

그러한 갈등을 피하는 길은 죽자사자 일에 매달려 바쁘게 사는 것이었다. 그러나 아무리 뛰어 봐도 내 삶은 항상 펴질 날이 없었다. 일이 없을 때는 동생의 소개로 페인트칠도 했다. 아파트의 벽을 칠하는 일인데 무슨 일이든 닥치는 대로 해서 몸을 고단하게 해야 오히려 온갖 시름을 잊을 수 있었다.

어느 날 출근을 하는데 어머니가 문밖을 나서는 내게 혼잣말처럼 중얼거렸다.

"우리 예쁜 딸, 남자 복도 지지리도 없지. 자식도 없고 아휴 불쌍한 내 딸."

어머니의 한탄은 나를 더 비참하게 만들었다. 나는 왜 부모한테도 자랑스러운 딸이 되지 못하고 걱정을 하게 할까 싶어 속으로는 미안하면서도 겉으로는 쌀쌀맞게 대했다.

"아침부터 기분 나쁘게 왜 그런 말을 해요?"

그 말은 나 자신에 대한 화풀이였다. 어머니는 어린아이처럼 천진난만한 표정으로 손을 흔들며 '빠이 빠이'를 했다. 나는 못 들은 체 하고 그대로 문을 쾅 닫고 나와버렸다. 집을 나서자마자 그날따라 어머니에게 너무 쌀쌀맞게 굴었다는 자책이 밀려왔다. 그날 저녁 무렵 어머니가 텃밭에서 쓰러졌다고 급히 연락이 왔다. 내가 나가고 난 뒤에 텃밭에서 배추를 솎아 주다가 넘어진 채로 발견되었다고 했다. 고혈압으로 쓰러진 것이었다. 이웃이 내 전화번호도 몰라 금방 연락을 못했다고 했다. 어머니는 병원으로 옮겼지만 너무 시간이 지나버려 회복을 하는 데 어렵겠다고 의사가 말했다. 사람은 알아보는데 몸은 맘대로 움직이지를 못했다. 무슨 운명이 이리도 기구할까. 가까이 모셔서 잘 살겠다고 합쳤는데 어머니까지 몸져 누우니 더 바삐 뛰어다녀야 했다.

입원한 지 한 달 열흘쯤 지났을 때였다. 어머니의 상태는 점점 나빠졌다. 마지막 숨을 거두는 순간에 내 손을 잡고 늘상 하던 말을 되뇌었다. 어머니는 마지막으로 내 손을 잡고 "불쌍한 우리 딸, 무슨 죄가 이리 많아 그 많은 짐을 안고 사는지 모르겠다."라고 말하며 눈물을 흘리다가 새벽녘에 눈을 감았다.

차디찬 마룻바닥에 누워있는 어머니의 시신이 너무 불쌍해서 하염없이 눈물이 흘렀다. 집이 의정부 광릉수목원 근처라서 날이 밝기를 기다려 그나마 가장 가까운 경희대학병원 영안실로 모셨다.

어머니의 장례도 아버지 때처럼 쓸쓸했다. 한 많은 세월을 설움만 남겨놓고 어머니마저 세상을 떠나고 나니 나도 따라 죽을까 싶은 생각이 문득문득 들었다. 원망하면서도 의지하는 사람이 어머니뿐이었는데 하늘도 무심하다는 생각이 들었다. 눈앞이 캄캄하고 세상도 깜깜했다. 그러나 어쨌든 산 사람은 살아야 했다.

어머니마저 안 계시니 온몸이 텅 빈 것처럼 느껴졌다. 이대로 있다간 우울감에 빠져 다시 일어나기 힘들 수도 있다는 생각이 들었다. 마음이 공허하니 우울한 생각을 떨쳐버릴 일이 필요했다. 문득 전에 했던 청소 일이 생각났다. 몸은 고되지만 주변을 깨끗하게 쓸고 닦을수록 마음도 차분해지던 그때가 그리웠다.

'그래. 청소 일을 다시 시작하자.'

마음을 다잡고 나니 축 늘어졌던 세포들이 다시 일어서는 것 같았다. 한동안 청소 일에 매진했다. 그러나 내게 청소는 잠시 거쳐가는 간이 정거장 같은 것일까. 이 일 말고 나를 일으켜 세울만한 일이 반드시 있을 것 같아 청소를 그만두고 다시 새로운 일을 찾기로 했다.

그러나 나에게 알맞은 일이라고 판단할 만한 일자리가 나타나지 않았다. 이번에는 정말 다른 일을 찾아보자 몇 번이나 용기를 내어 전화도 걸어보고 사람을 구한다는 광고를 찾아 발품도 팔았다. 하지만 특별한 재주가 없으니 항상 돌아서는 발길이 원망스러웠다.

사기, 또 사기 그 구렁텅이에서

　이제 어디서 무슨 일을 하며 살아야 할까. 항상 낭떠러지에 서 있는 기분이었다. 한 가지가 밀려오면 정신없이 몰아치다가 결국은 천 길 낭떠러지 앞에서 겨우 멈춰서는 삶이었다. 때때로 낭떠러지에서 뛰어내리고 싶은 충동이 한두 번이 아니었다.

　시간이 약이라고 했던가. 겨우 안정을 찾고 집을 정리하기로 했다. 대출금이 항상 목을 조이던 집은 결국 경매로 넘어가고 오갈 데가 없어 찜질방에서 생활을 했다. 불행인지 다행인지 집이 유찰되자마자 사겠다는 사람이 나타났다. 오, 하나님. 가뭄에 단비를 만난 듯 기쁜 순간이었다. 보러온다는 소식만 들었는데도 오랜만에 기쁨이란 생경한 단어가 떠올라 가슴이 뛰었다.

집을 보러 온다는 사람은 저녁 때까지 나타나지 않았다. 그러다 하늘이 어둑어둑해질 무렵 젊은 남자가 나타났다. 마침 그날이 어머니의 49재였다. 나홀로 집에서 삶이 서글퍼 울다가 막걸리를 마셨는데 기분이 몹시 울적한 날이었다. 그 남자가 나타났을 땐 막걸리 병들도 치우지 못해서 집안에 빈 병들이 굴러다녔다.

집을 보겠다던 남자가 흩어진 막걸리 병을 보다가 나를 살피더니 내 꼴이 하도 처량했는지 불쌍해 보인다면서 도와주고 싶다고 말했다. 집을 팔면 어디 갈 곳이 있냐고도 물었다. 어디든 또 찾아본다고 시큰둥하게 대답했더니 무척 측은한 듯 동정의 눈길로 나를 바라보았다. 그 남자는 아주 싼 연립주택이 있는데 나에게 소개를 해주고 싶다고 했다. 그러면서 여기서 멀지 않으니 같이 가서 보지 않겠느냐고 물었다.

기분도 울적하고 이미 내 처지를 다 내보인 터라 아무 생각 없이 그냥 그 남자의 차에 탔다. 가까운 곳에 있는 싼 집을 소개해 준다니 그저 고마운 생각만 들었다. 한참을 달리는데 동네와 점점 멀어졌다. 이상한 생각이 드는 순간 산길 쪽으로 방향을 틀었다.

"그 연립주택이 산동네에 있나요?"

내 물음에 남자가 주춤거리는 듯 머뭇거렸다. 내가 재차 물었다. 바로 그 순간 남자가 차를 세우고는 나를 확 덮치려고 했다. 아! 흑심이 있었다는 걸 그제야 깨달았다. 급히 차에서 내려 도망을 쳤는데 몇 발자국 가지도 못해 억센 손아귀에 잡혀버렸다. 아무리 반항해도 주변에 지나는 사람도 없었다. 옷이 찢기고 나뭇가지에 긁히면서 반항을 해봐도 소용이 없었다. 작정하고 달려드는 남자의 힘을 당할 수가 없었다. 서로 뒤엉켜 몸싸움을 하다가 그 남자의 손을 확 물어버렸다. 남자가 비명을 지르는 사이 죽을힘을 다해 도망쳤는데 이미 어두워져서 어디가 어딘지도 모르는 낯선 산길이었다.

손에 돈 한 푼도 없지, 주변은 깜깜하지 어느 방향이 동네인지 보통 난감한 일이 아니었다. 내 몰골이 그 남자에게 빈 구석을 보였다는 게 너무 창피했다. 밤새 낯선 길을 헤매다가 새벽이 되어서야 집에 들어왔다. 세상이 왜

이 지경이 되었을까? 누구에게 하소연도 못한 채 넋이 나간 상태로 어머니의 제상 앞에서 통곡을 했다. 이대로 어머니의 뒤를 따라가 버릴까. 하지만 죽는 것도 용기가 필요했다. 그 후 무서워서 더 이상 집에 있을 수가 없어 찜질방으로 가서 며칠을 보냈다.

그리고 난 뒤 아는 사람들 얼굴도 보기 싫어서 멀리 소래포구로 가 경험도 없는 횟집을 계약했다. 나를 전혀 모르는 곳에 가서 살고 싶어서였다. 뭐든 할 일이 없을까 돌아보던 중에 부동산을 통해 보증금 2천만 원에 월세가 100만 원짜리인 횟집을 계약하고 일을 시작했다.

남의 눈치 안 보고 열심히 하면 다 되는 줄 알고 부지런만 하면 살길이 있겠지 했다. 횟집은 새 건물에 시설도 1급이고 전철도 가까워서 자신이 있었다. 처음에는 아주 잘 되었다. 5월과 6월까지는 앞집 여자가 친절하게 도와주었다. 꽃게를 쪄서 팔아보라고 알려 주기도 했다. 정말 장사가 잘 되었다. 그런데 어느 날부터 썰렁해지기 시작했다. 계절장사라는 것을 인지하지 못한 나의 실수였다. 꽃게 철이 지났다는 것이다. 미리 말이라도 해 주는 사람이 있었다면 하지 않았을 텐데 그 후부터는 세를 낼 수 없어 보증금에서 제했다.

2년을 겨우 버티고 나니 옆집 사장이 자기 가게를 그냥 하라고 했다. 아들을 위해 사둔 가게인데 아들이 싫다고 한다면서 세를 안 받을 테니 열심히 해보라고 했다. 과일, 새우, 젓갈, 건어물 등을 조금씩 조금씩 팔면서 돈이 될 만한 것은 뭐든 안 가리고 애를 써봐도 안 되었다.

사장님은 내 집이 멀다고 걱정하면서 출퇴근이 어려우니 소래포구에 작은 아파트를 분양받아 살면서 돈은 버는 대로 갚으라고 했다. 그 말만 듣고 덜컥 계약을 했다. 신축인데 계약금만 내고 전세를 놓으면 된다는 말에 혹했다. 중도금도 대출이 되니 계약만 하고 월세를 놓으라는 말에 꿩 먹고 알도 먹는다는 계산이 나왔다. 세금 내고 등기를 하면 된다고 했다. 내가 가지고 있던 연립주택도 팔아서 전셋돈을 내주고 노후에 월세를 받으며 생활하면 되겠구나 했다.

그러나 모든 것은 허망한 꿈이었다. 결국 이익은 하나도 보지 못하고 겨우 원금만 받고 그대로 정리해서 서울로 올라왔다. 이제 안정되게 내 집에서 살면서 일을 해야겠다고 다짐했다. 그래서 또 다시 일자리를 찾아다녔다.

소래포구에서 횟집을 할 때 알았던 아줌마를 찾아갔다. 마침 그 아줌마가 찜질방에서 일을 해서 찜질방에 갔다가 만나게 되었다. 그분이 내 말을 듣더니 자기는 혼자 살면서 찜질방에서 아르바이트를 하고 있는데 나에게 같이 김밥집을 해보자고 권했다. 마침 1층 코너에 김밥집을 하기에 알맞은 가게가 나왔다면서 빨리 시작하자고 했다.

빈틈없이 정확한 아줌마라 믿음이 갔기 때문에 둘이 잘하면 수입도 짭짤할 것 같았다. 계약금 500만 원에 월세 50만 원을 주기로 하고 나머지 돈은 아무 때나 주면 되니 걱정 말라고 했다. 딸이 돈을 안 주면 자기가 적금을 깨서라도 준다면서 잘해보자고 했다. 그런데 막상 잔금을 치러야 하는데 그 아주머니의 소식이 갑자기 두절되었다. 전화를 아무리 해도 안 받더니 얼마 후부터 전화를 차단시켰다. 기가 막힐 일이었다. 며칠 사이에 500만 원을 고스란히 날려버린 것이었다. 작정하고 달려드는 사기꾼에게 그렇게 어처구니없이 당해버렸다.

그 후에도 또 뭔가를 시작하면 반드시 끝에는 사기를 당하곤 했다. 한두 번도 아닌데 왜 자꾸 그런 일을 반복해서 당해야 하는지 스스로가 너무나 한심했다. 일을 시작할 때마다 그 일만은 반드시 잘 될 것 같았는데 나중에는 전혀 예기치 않은 방향에서 나를 궁지로 몰아넣는 사람들이 생겨났다. 반복적인 사기를 당할 때마다 다시는 그런 일을 또 당하지 않을 거라고 다짐했어도 내 생각과 판단과는 전혀 다른 곳에서 일이 터지곤 했다.

통 큰 남자

어느 날 옛날부터 알던 친구가 찾아왔다. 친구는 내 몰골을 보고 한숨을 쉬었다. 어머니가 돌아가신 후 혼자 있다는 것을 알고서 슈퍼를 하는 여자가 나를 한번 보겠다고 했다는 것이다. 왜 나를 찾느냐고 물었더니 슈퍼를 하는 여자의 아는 언니가 자기 남동생이 있는데 그 사람한테 내 얘기를 했다고 한다. 그 남자는 이혼하고 혼자 동두천에서 성실하게 살고 있는데 직장도 튼튼하니 한번 만나보라고 했다.

나는 지금 남자를 만날 형편이 아니라고 고개를 저었

다. 친구는 어떻게든 도와주고 싶다며 그 남자가 아주 착한 사람이라니 꼭 만나보라고 간곡하게 말했다.

"야, 맨날 불행하기만 하겠니? 쥐구멍에도 볕들 날이 있다고 했어. 너도 한번 이혼했고 그 남자도 한번 이혼했다니까 서로 꿀릴 것도 없고, 그냥 한번 만나봐."

나는 온몸에 힘이 빠진 것처럼 무기력해져서 아무 의욕도 없었는데 친구의 끈질긴 권유에 결국 그러겠다고 대답했다.

새로운 만남을 위해 친구와 함께 광릉수목원 가까이 있는 봉선사까지 갔다. 그 옆에 작은 연못이 있는데 그 연못을 끼고 있는 한방 찻집이 보였다. 친구와 함께 그 찻집으로 들어서자 웬 남자가 벌떡 일어나 인사를 건넸다.

남자의 첫인상이 밉상은 아니었다. 나는 시큰둥한 상태로 친구가 권하는 의자에 앉아 있었다. 차를 마셔도, 이야기를 나눠도, 딴 세상에 온 것처럼 모든 게 의욕이 없었다. 그러다 그 남자가 대뜸 자기 집에 가보자고 했다. 처음 만나서 무슨 집이냐고 내가 정색을 했더니 꼭 보여줄게 있다며 함께 가자고 간절하게 말했다. 친구도 보여줄 것이 있다는데 같이 가보자고 나를 보챘다.

도착한 곳은 13평 아파트였다. 비교적 깨끗한 편이었다. 남자가 대뜸 장롱에서 통장과 도장을 꺼내 나에게 내밀었다. 어리둥절해서 이게 뭐냐고 물었더니 그동안 모아 둔 돈인데 그 돈을 넣어 둔 통장과 도장이라면서 내게 알아서 처분하라고 했다. 이게 무슨 일인가 싶어 혼란스러웠다. 남자는 내게 모든 것을 맡기고 싶다면서 통장과 도장을 손에 쥐여 주었다. 세상에 이런 남자도 있나 싶어 감사를 해야 할지 어떻게 받아들여야 할지 도무지 감이 잡히지 않았다.

믿었던 도끼에 발등 찍힌 경우가 너무도 많은 터라 남자의 행동을 이해할 수가 없었다. 남자는 다짜고짜 내게 살림 짐도 자기 집으로 옮기라며 방이 두 개이니 한 개는 자신이 쓰고 한 개는 나보고 쓰라고 했다. 내가 이해를 못하겠다고 머리를 저었다. 그랬더니 다른 건 아무것도 필요 없고 끼니때가 되면 거르지 말고 밥이나 해 달라고 한다. 정말 이 남자의 본심일까? 나를 얼마나 안다고 자기가 모은 돈을 몽땅 내놓는 남자라니. 나는 무엇에 홀린 기분으로 집으로 돌아오는데도 통장과 도장을 통째로 맡기는 남자를 이해할 수가 없었다.

집에 와서 통장을 살펴보니 2억 원이 들어 있었다. 세상에 이런 일이 있을까? 나를 언제 봤다고 2억 원을 내밀며 알아서 하고 싶은 대로 하라니. 나에게도 이런 행운이 찾아왔단 말인가. 설마 꿈이 아닌지 살을 꼬집어 봤다. 현실이었다. 나는 이 꿈이 날아갈까봐 겁이 났다. 이튿날 남자의 마음이 바뀔까봐 얼른 서둘러 양주 쪽에 아파트를 계약하고 빚도 다 갚았다. 며칠 후에 남자 집으로 이사도 했다. 그렇게 두 번째 결혼이란 걸 했다. 내 나이 쉰네 살 때였다. 솔직히 결혼이라는 말보다 그냥 외로운 사람끼리 같이 사는 합가라고 해야 맞을까. 그렇게 그 남자, 아니 남편이란 사람과 새 삶을 시작했다.

남자 집으로 들어간 날 그는 일찍 들어왔다. 들어오자마자 통장을 보여달라고 했다. 나는 맘대로 하라고 해서 빚도 다 갚고 양주 쪽 아파트에 투자를 했다고 말했다. 그런데 내 말이 떨어지기가 무섭게 화를 내기 시작했다. 사기꾼 년이라고 욕까지 해댔다. 맘대로 하라고 해서 정말 진심인 줄 알고 그렇게 했는데 결국 말뿐이었던 걸까. 나는 화를 내는 남자에게 언제는 맘대로 하라고 했다가 이제 와서 난리를 치냐고 대들었다. 자존심이 상해서 무슨 남자가 말과 행동이 다르냐고 대들며 벌어서 갚겠다고 큰소리를 쳤다. 어쩐지 웬 행운이냐 싶었는데 그래도 빚을 갚고 나서 그런지 마음은 편했다. 마음 같아서는 당장 돈을 모아서 갚아버리고 갈라서고 싶었다.

그 후 살던 집은 전세를 주고 연립주택으로 이사했다. 내 명의로 된 집이라도 갖고 있어야 한다는 생각에 연립주택은 내 이름 앞으로 했다. 남편한테는 안 쫓아오면 나에게 준 돈은 못 받을 거라면서 으름장을 놓았다. 말이 남편이지 사실은 나에게 2억 원을 줄 때부터 부부 사이라기보다는 한집에 사는 채권자와 채무자가 어울리는 그런 삶이었다.

이후 다시 서울대병원에서 청소 일을 시작했다. 일단 남편과 떨어져 있을 때가 마음이 편했다. 청소 일은 아침 일찍 출근해야 해서 남편이란 사람과 얼굴 마주칠 일이 없다는 것도 위로가 되었다. 또 예전처럼 쓸고 닦으며 삶의 편린들도 청소하는 기분으로 견디고 스스로 위로했다.

어느 날 동생이 찾아왔는데 안색이 아주 좋지 않았다. 동생은 하루 저녁 신세를 지겠다고 했다. 무슨 일이냐고 물었더니 아내가 자기를 내쫓았다고 했다. 기가 막혔다. 힘이 하나도 없는 동생을 방 한쪽에 전기장판을 깔아주고 재웠다. 그랬더니 남편이란 사람의 행동이 가관이었다.

"내 돈 가져다 다 쓰고 이제 동생까지 공짜로 먹여 살리려고 해?"

그러면서 전기장판 코드를 아예 끊어버리고 나가버리는 게 아닌가.

저런 작자를 남편이라고 할 수는 없었다. 동생을 목욕탕으로 보내고 나니 남편이 너무 괘씸했다. 무슨 팔자가 내 피붙이 하나 따뜻한 방에서 재울 수도 없는지, 이런 인생 살아서 무엇하나 싶었다.

동생댁이 내 동생을 바람둥이로 매도하고 이혼하자고 난리를 쳤다고 했다. 조카들은 공부를 잘하고 착하니 졸업 후에 생활비 걱정은 없을 거라며 내 동생만 내쫓았다는 것이다. 결국 동생댁을 달래서 제발 잘 살아달라고 부탁했다. 경매로 넘어간 집은 잔금이 2,500만 원 정도밖에 남지 않았다. 동생은 은행 빚은 갚았는데 신용불량자라서 전화도 개설하지 못하고 쫓기는 신세라고 했다.

하지만 결국 동생댁한테 연락이 되어 법원에서 들이닥쳤다. 동생댁은 눈곱도 떼지 않은 상태로 내가 조카들을 좋아하는 점을 이용해 나를 끌어들였다. 아침에 법원에서 사람들이 오고 밀린 세금들이 줄줄이 쏟아졌다. 자동차 할부로 끊어준 것도 만기가 한 달도 안 됐는데 10시에 내 통장에 돈이 들어온다는 것도 미리 다 알고 모였다. 그렇게 모든 것을 청산했다. 동생댁에게는 얄미워서 돈을 주고 싶지 않았지만 조카를 생각해서 돈을 주고 나니 남는 것은 허망함뿐이었다.

또다시 일을 찾아야 했다. 남편이란 작자와 같이 있으면 항상 네 돈 내 돈만 따지며 돈타령이라서 이를 갈면서라도 일터로 나가야 마음이 편했다. 서로 얼굴을 보지 않는 게 정신 건강에 좋았다.

망가진 얼굴

어느 저녁 일을 끝내고 집으로 돌아오는데 너무나 서글퍼서 소주를 너댓 병이나 마셔버렸다. 높은 구두를 신고 술김에 비틀거리면서 연립주택 5층까지 올라섰는데 열쇠로 문을 열고 들어가려는 순간 몸이 휘청하더니 그만 계단 아래로 굴러떨어졌다. 눈썹 부분이 찢어졌고 코 인중 부분에 깊은 상처가 났다. 이웃에서 119에 신고를 해 구급차에 실려 병원에 갔는데 늦은 시간이라 대충 꿰매고 그대로 밤을 보냈다.

이튿날 병원에서는 내가 넘어져서 다친 줄을 모르고,

어떻게 사고를 당했는지 신고를 하고 보상을 받아 성형 수술을 해야 한다고 했다. 보상 받을 곳도 없고 성형수술을 할 만큼 돈도 없어서 그냥 퇴원해 버렸다. 그동안 살아오면서 지긋지긋한 고생은 했어도 얼굴이 예쁘다는 소리를 제법 들었는데 이제 얼굴까지 망가졌다 생각하니 내 삶이 너무 가여웠다. 성형을 하지 않아서 동네에 나가면 언청이인 줄 아는 사람도 있었다. 나를 아는 사람들은 고운 얼굴이 어쩌다 그리 되었느냐고 혀를 찼다.

이대로 생을 끝내버릴까. 무슨 미련이 남았을까. 아쉬움도 미련도, 더욱이 사랑도 남아 있지 않았다. 아니, 언제 사랑다운 사랑을 해 보기나 했을까. 거울을 볼 때마다 깨끗이 생을 끝내버리는 게 낫지 않을까 하는 갈등이 생겼다. 이제 부모님도 돌아가셨으니 나를 위해 누가 슬퍼해 줄 사람도 없었다. 한집에 사는 남자는 부부도 아닌데 이런 몰골로 또 무슨 희망을 찾아야 할까. 그래, 이만 생을 내려놓자. 하루에도 열두 번씩 생각이 바뀌었다. 자살이란 말을 쉽게 할 수는 있어도 실천은 몇 배가 더 어려웠다. 단 한 번만이라도 삶을 즐겁게 살았다는 추억은 만들고 떠나야 할 텐데, 돌아보면 모두 다 처절하고 지긋지긋했다. 그렇다고 이대로 생을 끝낸다면 그게 무슨 의미가 있을까.

바닷가에도 가보고 저수지에도 가보았다. 한강에도 가보았다. 이대로 뛰어들면 숨이 끊어지는 것은 순간일 텐데, 결국은 용기가 부족했다. 자살을 하는 것도 자신을 컨트롤 할 수 있는 힘이 있어야 했다. 그렇게 망설이고 망설이다가 성형을 했다. 다시 마지막으로 살아보기로 결심한 것이었다. 아득한 옛날 점쟁이의 말이 떠오르기도 했다. 70이 넘어야 안정이 된다고. 그래, 70까지 버텨보자. 그렇게 또 마음을 굳혔다. 살아가려면 또 일을 찾아야 했다. 나를 잊고 일에 매달리는 것이 살아지는 방법이었다. 이번에도 가장 쉽게 마음이 가는 일이 청소였다.

때마침 강남 차병원에서 청소부를 뽑았다. 청소에는 이골이 나 있어서 어디든 상관없이 내게는 능숙한 직업이었다. 청소 일을 하면서 동생뻘 되는 여자를 만났다. 집도 의정부에 있고 세브란스 병원에서 오랫동안 야쿠르트 장사를 했다고 말했다. 야무지고 착실해 보였다. 그 여자와 가까이 지내면서 속내까지 털어놓는 사이가 되었다. 부업으로 부동산에 손대고 있다며 수익이 아주 짭짤하다고 얘기하길래 나도 같이 하고 싶어서 수원에 있는 상가와 오피스텔을 분양받았다.

그 여자를 쫓아다니면서 그동안 모아 온 돈을 또 쏟아부었다. 그 무렵 마침 정부에서 부가가치세를 넘겨주니까 일석이조라고 부추기면서 나도 해보라고 권했다. 실제로 계약을 하고 몇 달 뒤에 정말 부가가치세가 들어왔다. 이런 횡재도 있구나 싶어서 신바람나게 또 성남시의 도시공사 자리에 투자를 했다. 전철도 들어온다고 해서 기대에 부풀어 상가와 오피스텔을 분양받았다.

예상대로 된다면 양쪽에 있는 오피스텔을 보유하는 것만으로도 노후생활이 걱정 없을 것 같았다. 계약만 한 상태에서 전세를 놓으면 되니 부담도 없을 것 같았다. 그러나 분양받고 몇 년을 기다려도 전세가 나가지 않았다. 다시 빚이 늘어나기 시작했다. 왜 내가 만나는 여자들을 따라 뭔가를 하면 이렇게 곤경에 처하게 될까. 내가 문제인가 나를 만나는 여자들이 문제인가.

어찌어찌 고민하다가 부가가치세 들어온 돈으로 보증금 2천 40만 원을 넣고 한 사우나에 있는 매점을 인수했다. 장사는 예상외로 무척 잘 되었다. 서울에서 멀리 떨어진 곳이라 일주일 동안 옷, 음료수 등등 월요일 새벽에 물건을 해서 가지고 가면 돈이 막 들어오는 재미도 보았다. 그 돈으로 여기저기 벌여놓은 부동산 세금을 내고 빚도 일부 갚을 수 있었다.

그런데 사우나 매점 앞 카운터에 있는 여자가 욕심을 내고 자꾸 훼방을 놓았다. 그 여자는 남자 사장과 내연관계였는데 모든 걸 좌지우지했다. 결국 내 매점도 비워 달라고 요구했다. 사장의 힘을 빌려 몰아내려고 하니 버틸 재간이 없었다. 여자가 돈은 며칠 후에 줄 테니 먼저 가게부터 비워달라고 요구했다. 다음날 재고 처리를 해야 해서 동네 지인하고 같이 갔다. 지인은 차에 있게 하고 나만 안으로 들어가서 매점을 열고 한참을 기다렸다. 드디어 여자가 나오나 했더니 뜻밖에 사장이 나왔다. 그는 책상을 앞으로 끌어당긴 뒤 백지 한 장과 사인펜을 주며 내게 서명을 하라고 했다. 이게 무슨 수작인가. 여자 혼자라는 것을 알고 거저먹겠다는 수작이었다.

기가 막혔지만 겉으로 내색하지 않고 점심식사부터 하고 나서 하자며 둘러댔다. 그러고는 화장실에 가는 척하고 뒷문으로 빠져나와 차를 타고 돌아왔다. 동네 지인 집에서 오후까지 기다려도 그 여자는 나타나지 않았다. 전화는 빗발치는데 며칠 동안 찔끔 찔끔 돈을 넣어줬다. 그렇게 그 일도 나에게서 떠나갔다. 그럴 때마다 며칠 동안은 허탈한 마음에 온몸의 세포들이 기운을 잃어 나른해지고 식욕을 잃었다. 식욕을 잃으면 의욕도 내 몸에서 떠나갔다.

좌절할 때마다 청소를

다시 또 무엇을 해야 할까 궁리를 하다가 종로5가 보령약국 근처에 우동집을 열었다. 유동인구가 많고 뒷골목에 회사들도 많아서 장소는 좋은 것 같았다. 식당도 깨끗해서 마음에 들었다. 주인한테 레시피를 전수받고 한 달만에 오픈을 했다. 보증금 4천만 원에 월세 100만 원이었다. 복덕방에서는 아주 잘 될 거라고 말했다.

그러나 또 속았다는 생각을 하기까지는 그리 오랜 시간이 걸리지 않았다. 복덕방 말만 듣고 덜컥 계약을 하고 가게를 연 것이 잘못이었다. 아, 나의 이 급한 성미를 어찌

하나. 중요한 일일수록 차분히 시간을 두고 알아봐야 하는데 급한 성격 때문에 계속해서 실패를 하게 되는 것 같다. 천성은 쉽게 고칠 수가 없나보다. 아니, 어쩌면 절박한 사람이 항상 손해를 보는 것인지도 몰랐다. 이번에도 또 실패를 하고 빚을 떠안았다.

결국 이번 빚은 수유리 연립주택과 맞바꾸기로 하고 보증금만 겨우 살렸다. 부족한 돈은 다시 얻어 메꿨고, 등기를 마친 후 세를 놓았다. 그러나 그 집은 10여 년이 지나도 팔리지 않고 애물단지가 되어 버렸다. 4년에 한 번씩 전세금만 조금씩 넣어준다고 세입자가 난리를 치기도 했다.

이후 청소 일을 다시 시작하게 되었다. 청소를 하는 일은 새벽에 나가야 해서 남편도 아닌 한집에 사는 남자와 부딪힐 일이 없었다. 내가 눈코 뜰 새 없이 바쁘게 사니까 그런지 그 뒤로 남자도 무덤덤하게 대해 주었고 나 역시 그런 관계가 되니 같이 사는 게 더 편해졌다.

몇 년을 정신없이 일했다. 그 덕에 어느 정도 안정이 되어 조금은 숨통이 트이는 듯했다. 나한테는 병원의 청소 일이 첫 직장처럼 소중했는데 직장 내 사람들과의 인간

관계가 쉽지 않았다. 그래도 한 달 지나면 돈이 꼬박꼬박 들어오니 힘들어도 보람이 있었다.

그러던 어느 날이었다. 같은 팀의 동료가 며칠 후면 아들을 장가 보내야 하는데 창피해서 그러니 나한테 모아둔 폐지를 처분해 달라고 했다. 나에게는 잘된 일이었다. 그래서 그날부터 열심히 폐지를 모았다. 폐지도 꽤 짭짤한 수입이 되었다. 많이 모이면 1kg에 1,200원씩 하니 적은 돈이 아니었다.

그런데 어느 날부터 폐지를 모아놓으면 감쪽같이 사라지는 게 아닌가? 나중에 알고 보니 모아 놓은 폐지를 얌체처럼 꿀꺽 챙기는 여자가 있었다. 나는 그 여자를 불러내 대판 싸웠다. 그러고는 그 다음 날 바로 사표를 내버렸다. 잉크가 마르기도 전에 사표가 처리되었다. 조급한 성격 때문에 후회할 일을 또 저지르고 만 것이다. 한 달만 참으면 퇴직금도 올라가는데 불 같은 성격이라 사표를 내버렸으니 어쩔 수가 없었다. 내 주변에는 왜 그런 인간들만 득실거릴까. 또 나는 어째서 이 성격을 고치지 못할까.

배운 것은 청소하는 일밖에 없어서일까. 대학병원에

서 또 청소 일을 시작했다. 한 2년여 동안 열심히 했는데 돈도 조금씩 모아졌다. 일단 청소 일을 하면 다른 곳에 돈을 쓸 여건이 차단된다고 할 수 있다. 몇몇의 경우처럼 애인을 둔 것도 아니고 퇴근하면 집으로 곧장 왔고 새벽이면 다시 나가는 일이라서 열심히 일만 하면 그대로 적은 돈이라도 저축을 할 수 있었다. 게다가 대학병원의 청소 일은 함께 일하는 사람들도 인성이 좋았고 분위기도 좋았다.

다만 집이 멀어서 출퇴근이 고역이었다. 악착같이 돈을 모아서 물건도 나르고 출퇴근도 할 요량으로 용달차를 샀다. 어느 날 신나게 달리는데 차에서 불이 나버렸다. 급하게 뛰어내려 간신히 주차를 시키고 보험회사에 연락해서 점검을 받으니 브레이크 파열이라고 했다. 남편도 아닌 한집에 사는 남자한테 전화를 했더니 자기는 모르는 일이라며 남의 말을 듣는 듯 했다. 한 술 더 떠서 네가 그랬으니 네가 알아서 하라고 말했다. 차량비 80여만 원을 달라고 했더니, 들은 척도 하지 않았다. 내 팔자에 무슨 차냐 싶어서 그대로 폐차를 시키고 말았다.

나이를 먹은 탓일까. 자꾸만 주눅이 들고 우울감도 자

주 느꼈다. 그래서 피붙이라고는 하나뿐인 남동생을 불러냈다. 인덕이 없는 건가. 하늘이 원망스러웠다. 동생도 자기 삶이 바쁜데 누나의 넋두리를 들어주는 것이 불편할 것이다. 맘 편히 이야기할 사람도 없고 눈물로 세월을 보내면서 삶의 의욕을 잃어가기 시작했다. 그 무렵 또 죽음을 생각했다. 그러나 실행에 옮기지는 못했다.

그렇게 하루하루 공허하게 보내던 어느날, 또다시 아는 사람을 만났다. 그는 오토바이로 택배 일을 하는데 돈을 벌어서 집을 두 채나 마련했다고 했다. 한 달에 300여만 원은 거뜬히 번다고, 하고 싶으면 나를 사장한테 소개해 주겠다고 말했다. 뭐든 해야지. 이대로 죽을 수는 없다는 생각에 소개를 부탁했다. 그는 내가 운전을 잘하니까 자기보다 더 쉽게 돈을 벌 수 있을 거라고 장담했다. 사장을 만나고 일사천리로 일이 진행되어 곧바로 내가 배달할 지역을 안내받았다. 그렇게 오토바이 택배 일을 시작했다. 열심히만 하면 나도 돈을 많이 벌어서 집도 살 수 있을 것 같았다. 그러나 기를 쓰고 일해도 월 백만 원 올리기가 힘들었다. 더더구나 여자가 하기엔 너무 힘들 때가 많았다. 가진 거라고는 몸밖에 없는데 무거운 배달 물건이라도 있는 날엔 너무 힘에 부쳐 몸이 녹초가 되었다.

　나이가 들어가면서 이제는 욕심을 내려놓는 일이 필요했다. 세상일이 욕심대로 된다면 성공을 못할 사람이 없는 것이다. 게다가 택배 일은 계단을 오르내리는 것도 몹시 힘이 들었다. 이제 체력을 아껴야 할 나이가 되었다는 게 실감이 났다. 결국 택배 일은 내 힘에 부치는 일이라는 결론을 내리고 오토바이를 처분한 뒤 그만 접었다.

　내게 맞는 일은 무엇일까. 특별한 능력이 없으니 어쨌든 몸으로 때울 수 있는 일을 찾아야 하는데 이제는 욕심 부리지 말고 내가 벌 수 있는 만큼만 버는 일을 찾아 하기로 마음먹었다. 이제는 무슨 일을 벌이는 것도 겁이 났고, 또 젊을 때처럼 호기롭게 벌일 용기도 없었다. 스스로 할 수 있는 일을 찾아 그 일에 만족하며 안분자족하는 삶을 살겠다고 다짐했다. 직장을 구할 나이도 지났고 또 마땅히 할 줄 아는 일도 없었다.

　결국 또다시 청소 일을 찾았다. 내 천직은 청소라는 생각이 들었다. 무리할 만큼 힘들여 일하지 않아도 더러워진 곳들을 쓸고 닦는 일은 주어진 시간 내에 끝낼 수 있었다. 흐트러진 것들을 정리정돈하고 쓰레기를 치우고 더러운 곳을 깨끗하게 하는 일은 성스럽다고까지 느껴졌다. 그런 생각에 미치니 자부심이 절로 생겼다. 내 손길이 닿은 곳마다 빛이 나고 깨끗해지는 것을 보며 보람을 느낀다.

게다가 청소 일을 하는 곳은 쉽게 구할 수 있었다. 이 일도 내 몸이 자유롭지 못하면 할 수 없는 일이다. 주어진 공간을 깨끗이 치우고 나면 내 마음도 깨끗해진 것 같아 이 일이 좋은 것일지도 모른다. 그동안 몸과 마음을 더럽혔던 일들이 얼마나 많았던가? 다른 사람들과 경쟁을 하지 않아도 내 구역만 성실하게 쓸고 닦으면 되는 일, 그 일이 내게 천직이라는 생각이 점점 더 강하게 들었다.

오늘도 새벽 일찍 출근해서 빗자루를 들고 먼지를 쓸고 걸레질을 한다. 인생도 이렇게 깨끗하게 내 마음의 밭을 가꾸는 일이라면 좋겠다. 알맞게 벌어서 먹고 싶은 것 사고, 입고 싶은 옷 사면 그게 행복이 아닐까. 새벽에 출근하니 오후에는 여유가 있다. 일찍 일어난 만큼 내 시간을 즐길 수 있어서 좋다. 이제는 아등바등 살지 않으려고 퇴근 후에 취미생활도 즐긴다. 사는 게 별거인가. 한 번 왔다가 가는 인생. 허상을 쫓아 그토록 힘들게 살았지만 남는 건 내 몸 하나뿐이다.

물론 외롭다는 생각이 들 때도 있다. 자식도 없고 부모님도 모두 돌아가셨으니 내 나이쯤 되면 아들 며느리 손자 손녀의 재롱을 볼 나이지만 나에게 그런 복은 타고 나지 않았으니 이제는 순순히 받아들이게 된다.

돌이켜보면 어머니는 일찍이 내 팔자를 꿰고 있었고, 직접 찾아갔던 그 무당도 내 팔자를 제대로 본 것이다. 주어지지 않는 것에 애태우는 일은 바보 같은 행동이다. 쉰 살이 되면 하늘의 명령을 알고 예순 살이 되면 하늘의 순리대로 따라야 해서 이순이라 했다던가. 이제 고희를 넘었으니 세상에 살아있는 존재만으로도 기뻐해야 한다는 성현들의 진리를 이해하고 받아들일 나이가 되었다.

그런데도 문득 내 삶을 돌아보면 아무것도 없다는 아쉬움이 크다. 인생은 원래 맨손으로 태어났다가 빈손으로 가는 것이지만, 그래도 나는 무엇을 했나 자문할 때가 있다. 뭔가를 더 채워야 하는데 그게 무엇인지를 몰라 가슴이 답답하곤 했다.

고통에서 벗어나기 위한 몸부림

　평범한 삶 속에서도 인간이라면 누구나 한두 번쯤은 자살하고 싶은 충동을 느꼈을 것이다. 후회할 일을 만들거나 외부로부터 고통을 겪을 때 거기서 벗어나고픈 순간에 이대로 생을 끝내버릴까 할 때가 있다. 나에게도 그런 순간이 있었다. 부모님이 돌아가셨을 때도 그랬다. 이제 그만 생을 내려놓고 부모님 뒤를 따라가 버릴까 생각했었다. 전혀 예기치 않은 일들이 나를 구렁텅이로 밀어 떨어뜨릴 때나 도저히 헤어 나올 방법이 보이지 않을 때도 이대로 생의 끈을 그만 놓아버릴까 했었다.

타인이 고통을 줄 때보다 스스로 절망에 빠질 때 몇 번이나 생각했던 단어가 자살이었다. 부모님이 살아계실 때는 부모님 가슴에 못을 박을 수 없다고 생각해서 죽고 싶어도 참아 냈다고 생각했는데, 막상 부모님이 돌아가신 후에도 그러지 못했다. 결국 부모님 가슴에 못을 박을 수 없어서 죽지 못했다는 것은 핑계일 수도 있다는 생각을 하기도 했다.

인간은 타인과 함께 관계라는 끈을 잡고 살아가는 존재가 아닌가. 자살이란 결국 인생의 패배자임을 드러내는 것일 수도 있다고 생각한다. 아무리 힘든 삶을 헤쳐 나왔어도 만천하에 내가 패배자라는 것을 드러내 보이기 싫어서 용기를 내지 못했던 것 같다. 애를 낳지 못한다고 구박을 받다가 내 탓이 아니라는 것을 알고서 허탈감이 들었을 때, 분해서 자살을 생각했다가도 "내가 왜?"라는 자문에 의해 다시 살아보자고 용기를 냈었다.

하나뿐인 남동생이 절박한 순간 나를 찾아와 하룻밤을 의탁했을 때, 냉정하게 동생이 자던 전기장판의 선을 끊는 남자를 보며 내 존재에 대해 한없는 연민을 느끼고 깨끗이 삶을 포기하자고도 생각했었다. 햄릿의 독백처럼 "사느냐

죽느냐 그것이 문제로다."라는 말을 떠올리며 실의에 차 있을 때였다. 한집에 사는 남자가 자정이 넘도록 집에 들어오지 않았다. 둘 사이에 살뜰한 정이 있어서 기다리는 게 아니었다. 혹시 사고라도 난 건 아닐까 최소한의 관심 때문에 뒤척이고 있는데 전화벨이 울렸다.

자정이 넘은 시간인데 누굴까? 전화를 받았더니 파출소였다. 아니나 다를까, 무슨 사고가 터졌구나 싶어 들어 보니 길가 전봇대 앞에 남자가 쓰러져 있다며 데려가라고 했다. 화가 솟구쳤지만 그대로 내버려 둘 수도 없었다. 밤길을 뚫고 가보니 그야말로 가관이었다. 술이 얼마나 취했는지 바지는 오줌으로 다 젖어 있고 문자 그대로 인사불성인 상태였다. 같이 사는 죄로 간신히 떠밀려 집으로 와서 오줌 지린내가 물씬 나는 옷을 벗기고 남자 방으로 떠밀었다. 우리는 처음부터 각방을 써 왔다.

그 다음 날이었다. 웬 부부가 초인종을 누르길래 문을 열었더니 험악한 인상의 남자가 자기 부인을 뒤에 세우고 나와 같이 사는 남자를 찾았다. 그 소리에 잠을 깬 이 인간이 그제야 눈을 비비면서 방문을 열고 나왔는데 방문한 그 부부의 남편이 갑자기 화를 내며 우리 집 남자를 유치장에 쳐 넣으러 왔다고 고함을 질렀다. 자초지종을 들고 보니 나와 한집에 사는 남자가 지난 밤 술에 취해 길거리에서 지나가는 여자에게 추행을 한 것이었다. 그걸 그 여자의 남편이 알고 확인차 찾아와서 경찰에 고발한다며 떠들었다. 나는 순간 화가 머리끝까지 치밀어서 눈만 꿈뻑이고 있는 남편 아닌 남자의 따귀를 서너 번 힘껏 후려쳤다.

"잘 오셨습니다. 이 작자를 당장 경찰에 쳐 넣으세요. 나도 이런 작자인 줄 모르고 재혼을 했는데 인간도 아니니 어서 데려다 유치장에 넣으세요!"

내가 너무 화가 나서 함께 사는 남자의 따귀를 때리자 고소를 한다고 왔던 부부가 오히려 나를 위로하며 알겠다고, 진정하라고 달랬다.

정떨어지는 일만 골라하는 남자와 언제까지 한집에 살아야 하는지 지긋지긋했다. 그럴 때마다 문득 살아서 무엇하나 하는 회의가 밀려왔다. 그러나 자살도 안일한 삶에서나 생각하는 방법이었다. 결국 치열한 삶에서는 자살이 없다는 말이다. 살아오는 동안 스스로에게 화가 날 때보다 나를 속인 사람들에게 화가 났기 때문에, 그 화가 결국 또 삶을 치열하게 살아내게 했다.

스스로 내 발등을 찍고 싶을 때는 많았다. 왜 그토록 모든 일들을 성급하게 했을까. 당시에는 그 길만이 유일한 길이라고 믿었고 그때 하지 않으면 안 될 것 같은 절박함에 항상 일을 급하게 처리했다. 하지만 어쩌겠나, 그 모든 일이 나의 탓이었다. 그런데도 또 같은 상황을 맞으면 그 길이 최선이라고 믿게 되는 것이 결국 내 성격이고 내 삶의 방식이었던 것이다.

젊음 탓이었을까. 이제야 지난날들이 이치적으로 보이는 것은 체력도 용기도 도전도 세월이란 애꿎은 단어 앞에 한발 뒤로 물러섰기 때문인가. 그래서 이제 안정을 찾은 걸까. 이제는 감히 자살이란 단어가 낯설게 느껴지고 자살이야말로 인생 패배자의 증거라고 생각하게 되었으니, 고희를 넘기고 나서야 어떤 일을 해도 성인의 길이라는 진리를 저절로 느껴서 그런 걸까.

누구나 주어진 생명은 고귀하다. 힘들게 살았든 편안하게 살았든 한 번밖에 살 수 없는 일회성의 삶을 어찌 강제로 버릴 수 있겠는가. 이제는 모든 걸 견디고 살아낸 나 자신에게 칭찬이라도 하고 싶은 나이가 되었다.

70대 건강 예찬

　내가 가진 것 중에 다만 한 가지라도 감사할 일이 뭐가 있을까 생각해 보았다. 칠순을 넘겨 오늘까지 두 발로 땅을 딛고 온전한 정신으로 살아 있다는 것이 새삼 감사하다. 건강을 잃으면 모두를 잃는 것인데, 이 나이까지 정말 다행스럽게도 크게 아프지 않았다는 것은 그야말로 큰 축복이 아닐 수 없다.

　스스로 건강을 염려하여 건강식품을 먹거나 영양주사를 맞은 적도 없다. 잠시도 몸을 누이지 않고 일을 좇아 항상 바쁘게 살았는데도, 건강 하나만은 나를 지켜주었

다는 사실이 칠순을 넘기고 보니 새삼스럽고 고마운 생
각이 든다.

닥치는 대로 몸을 사리지 않으며 열심히 일을 했고, 일
의 경중이나 귀천을 따지지도 않았다. 새벽에 일터로 나
가면 밤을 새우기도 부지기수였고, 며칠째 날밤을 새울
때도 많았는데 큰 병치레 없이 오늘까지 살아오고 있으
니, 돌이켜보면 이보다 더 감사할 일이 또 있겠는가.

건강운을 타고 났다는 것은 첫째로는 부모님께 감사할
일이다. 선천적으로 허약체질로 태어났더라면 좌절할 때
마다 몸이 먼저 쓰러졌을 수도 있는데, 언제나 훌훌 털고
일을 시작하면 몸이 무리 없이 따라 주었다.

칠십이라는 나이는 살아오면서 쌓인 경험이 우선 풍부
하고 수많은 일들을 겪어내면서 지혜도 생겼을 나이다.
이제 자유롭게 살 수 있는 나이가 되었고 때로 나도 모르
게 사춘기 감성이 살아 있음을 느낀다. 아름다운 경치를
볼 때는 그 경치를 함께 감상할 수 있는 그리운 사람이 있
었으면 하다가 혼자 웃을 때도 있다.

나이를 먹었다고 여성성이 죽는 게 아니라는 걸 어느
책에서 읽은 기억이 있다. 남자나 여자나 멋진 사람을 만

나고 싶은 마음이 없다면 살아 있는 게 아니라고 하는 말도 있다. 아직은 문득문득 따뜻한 감성이 일렁일 때가 있고, 때로 사춘기 소녀처럼 가슴이 울렁일 때도 있다. 그것이 살아 있다는 증표라는 글도 읽었다. 이런 감정을 가지고 있다는 자체가 건강하다는 반증이란다.

백세시대를 넘어 지금은 120세를 바라보는 세상이 되었다. 『뇌내혁명』의 저자 하루야마 시게오는 인간의 수명이 정상적이라면 125세가 가장 적정 나이라고 주장했다. 즉, 모든 공해나 유해 호르몬으로부터 벗어나 자연 그대로 순수하게 살면 25세의 다섯 배를 사는 게 정상이라고 했다. 그렇게 본다면 125세가 인간의 적정 수명이란 말이다.

그러나 단지 나이가 많다고 해서 건강하다고 할 수는 없다. 두 발로 걷고, 두 눈으로 사물을 보고, 두 귀로 소리를 느끼며, 오감으로 세상사를 체득하는 삶이 건강한 삶이라는 것은 누구나 다 안다. 건강하지 못한 사람은 60대에서 70대 사이를 지나면서 걸러지고, 70을 넘기면 대부분 80대 중반까지는 무리없이 산다고 한다.

우리가 너무나 잘 아는 김형석 교수는 『백년을 살아보

니』라는 책에서 인생의 황금기가 70대에서 80대 중반까지라고 정의했다. 자신이 살아보니 그렇더라는 것이다. 지금까지 나를 잘 지켜준 몸에게 이제는 내가 보답해야 할 차례다. 우선 규칙적인 운동으로 몸을 달래며 신체가 퇴보하지 않게 유지하는 일이 중요할 것이다. 지금 바로 이 순간부터 내 몸에게 맞는 운동을 찾아 노화를 늦추고 몸을 즐겁게 해 주어야겠다. 내 몸이 힘을 잃으면 나는 자식도 없으니 누가 돌봐줄 사람도 없다. 그러니 스스로 몸을 아끼고 사랑하며 보듬어야 하는 것이다. 그래서 나는 지금 무리가 되지 않는 선에서 일을 하며 그동안 너무 무관심했던 내 몸에게 가락을 느끼게 하고 흥을 돋우기 위해 장구를 배우는지도 모른다.

이제 경제적으로도 욕심을 버리기로 했다. 나이가 들면 오히려 많이 먹는 것이 해가 된다. 알맞은 식단으로 몸을 달래면서 살아가야 한다. 적당히 먹고 싶은 것도 먹고 적당히 몸 호강도 시켜주면서 그동안 미안했던 내 몸에게 보상을 해준다는 생각으로 알맞게 걷고 알맞게 보듬으며 적당히 바쁘게 살려고 한다.

삶의 활력을 주는 것은 새로움에 대한 도전이다. 무리

가 가지 않는 선에서 새로운 취미를 찾고 그것을 즐기는 것도 얼마나 멋진 일인가. 취미활동에는 나이 제한이 없다. 좋아하는 것들 중 내 몸이 허락하는 한도 내에서 즐거움을 느낀다면 바로 그것이 나에게 맞는 취미일 수도 있다. 그런 의미에서 요즈음 내가 빠져있는 장구는 아주 잘 맞는 취미라고 생각한다.

시간은 멈출 수가 없고 누구에게나 공평하게 주어졌기에 누구나 똑같이 1년이 지나면 한 살씩 나이를 먹는다. 나이듦이 허망하지 않게 하기 위해서는 스스로 만족하는 삶이 중요하다는 것을 칠순이 넘어서야 깨달았다.

이런 생각을 하기까지는 그야말로 긴 시간을 살아낸 결과라고 할 수 있다. 나는 그동안 앞만 보고 내달렸다. 선으로 치면 직선만 생각하고 곧장 나가다 보니 늘 꺾이고 추락하고 뒷걸음질 칠 수밖에 없었다. 어떤 사물과 맞닥뜨렸을 때 잠시 생각해보는 시간을 가졌다면, 즉 곡선을 떠올려 방향을 틀어보기라도 했다면 직선과 곡선의 조화가 맞물려 가듯 내 삶도 부드러운 하모니를 이룰 수도 있었을 것이다. 그러나 난 언제나 앞으로 나가는 직선의 길만 걸었다. 곧장 앞으로 뻗은 길은 장애물을 만나도 피할 수 있는 길이 없다. 그러니 정면으로 부딪칠 수밖에 없었다. 만약 에둘러 한 번 더 생각하는 곡선의 길과 병행했더라면 적당히 피하고 적당한 선에서 타협도 하면서 선과 선의 조합을 자연스럽게 이뤘을 수도 있다는 생각을 지금에서야 하고 있다.

조급한 삶일수록 성공이나 목표를 달성하기 위해 늘 최단 경로를 찾아 직진하려고 한다. 그러나 최단 경로가 항상 최선의 경로는 아니라고 하지 않던가. 때로는 우회로를 선택하면서 필요한 능력이나 지식을 축적하고, 마지막에 도약하는 것이 더 빠르고 성공적일 수 있다고 한다. 한국의 피터 드러커로 불리는 경영학자 윤석철 교수는 그의 저서 『삶의 정도』에서 인생도 '사이클로이드 곡선'의 지혜를 배워야 한다고 강조했다.

'사이클로이드 곡선.'

점과 점을 이으면 직선이다. 직선은 반듯하기 때문에 최단거리이고 속도도 가장 빠르다. 그러나 자연에서는 이런 상식이 뒤집힌다. 높은 곳에서 낮은 곳으로 어떤 면(面)을 타고 물체가 내려올 때 최단거리를 잇는 직선을 타고 내려오는 경우보다 우회곡선을 타고 내려올 때 더 빠르다는 사실이 과학이론과 실험에서 밝혀진 것이다.

사이클로이드 곡선을 가장 잘 보여주는 것이 매가 사냥을 할 때라고 한다. 가령 매는 상공을 맴돌다 지상에 있는 사냥감을 발견하면 쥐나 토끼를 향해 그냥 직진하지 않는다. 먼저 수직에 가깝게 낙하해 지구의 중력가속을 적절히 받아 속도를 높인 뒤 먹잇감을 향해 수평 방향으로 날아가면서 잽싸게 낚아챈다. 물론 직진할 때보다 눈에 잘 띄지 않는 장점도 있다.

조류학자들의 연구에 따르면 매가 직진할 경우 최대속도는 시속 168㎞지만 중력가속으로 높아진 속도는 시속 320㎞라고 한다. 사이클로이드 곡선은 건축 디자인에 응용되기도 한다. 건물의 구조나 모양을 디자인할 때 사이클로이드 곡선의 원활한 흐름과 유연성은 시각적으로 매력적인 형태를 만드는 데 도움이 된다. 우리 조상들은 과거에 빗물로부터 목조건물을 보호하기 위해서 기와집 처마를 직선으로 하지 않고 곡선으로 만들어 빗물이 흐르게 했다. 미끄럼틀의 모양도 직선이 아닌 곡선이다.

이 원리는 '우회축적의 법칙'이라고도 불린다. 우회하

면서 얻은 중력 가속도가 공을 밀고 내려가는 힘으로 작용한다. 일상에서는 목적을 달성하기 위해, 눈앞에 보이는 최단 경로를 포기하는 대신 효율성을 높일 수 있는 우회로를 선택하는 지혜를 일컫는다. 여기에서 중요한 것은 우회로를 지나는 시간 동안 마지막 도약을 성공시킬 응축된 힘을 얻기 위해 '무엇을 축적하는가'이다.

이와 마찬가지로 사물을 대할 때 직선보다는 곡선의 묘미인 사이클로이드 곡선을 대입한다면 같은 실수를 반복하는 우를 덜 범할 것이 아닌가. 나는 앞만 보고 달려들었다. 우회의 법칙을 생각하는 여유를 몰랐다. 직선은 남들에게도 쉽게 노출된다. 그러니 내가 곧장 달려드는 길을 남들이 먼저 알아채고 나를 이용해서 자신들의 이익을 챙긴 것이다. 누구를 탓할 것인가. 이 나이가 되어보니 너무 곧은 길만 걸어서 내 단점을 나보다 남들이 먼저 파악하게 했던 것이다.

한 번뿐인 인생이기에 누구나 후회는 남게 마련이지만 이제라도 지나온 길을 살피며 다른 방향을 설정할 수 있는 혜안이 생긴다면 그나마 바람직한 방향이 아니겠는가. 인간은 살아있는 한 어떠한 경우든지 1년에 한 살씩 나이를 먹게 된다. 누구나 맞이하게 되는 80~90대를 건강하고 여유로운 방식으로 살려고 노력하겠지만 예전처럼 직선을 고집하지 않으려고 한다. 잠시 쉬기도 하고 잠시 에둘러 방향도 바꾸어 보면서 순리대로 사는 것이 무엇인지를 생각하며 살고 싶다. 급한 성격도 완전히는 못 바꾸겠지만 이제는 한 번 더 생각하는 여유를 가지려고 한다.

글을 만나다

나이가 들면 어린애가 된다고 한다. 그래서일까, 지난 시간들이 당시에는 지긋지긋했는데 지금은 잘 헤쳐 나왔다고 나 자신을 위로해 주고 싶다. 지나온 삶을 돌아보면 나처럼 고생을 한 삶이 또 있을까 싶다. 아무리 생각해도 나처럼 회오리바람 휘몰아친 삶은 흔치 않을 것이다. 스스로 칭찬해 주고 싶은 치기가 발동했다고 할까. 가슴 한구석에서 내 삶을 한번 정리해 보고 싶은 욕구가 생길 때가 있다.

잘난 사람처럼 보란 듯이 성공했으면 그 성공기를 자

랑스럽게 남기겠지만, 나는 아무것도 내세울 게 없는데도 이렇게 글을 쓴다. 세상에 잘난 사람만 사는 것은 아니니, 나처럼 힘들고 어리석게 산 사람도 세상에 왔던 똑같은 한 인간이 아닌가. 그래서 더 뭔가를 남기고 싶은 욕구가 생겼는지도 모른다.

돌아보니 얻은 것보다 잃어버린 것들이 너무나 많다. 귀한 시간을 잃어버렸고, 젊음이 지나가는 줄도 모른 채 한 시절을 날려버렸다. 멋진 연애도 못한 채 결혼 적령기도 사라져 버렸다. 행복이라고 느낀 순간이 한 순간도 없었다는 게 허망해서 비록 구차하고 숨이 차지만 그런 삶이라도 한번 정리를 해볼까 싶은 그런 욕심이 생겼다. 누가 읽어줄 사람도 없지만 그래서 더 스스로 정리해 보고 싶은 용기가 생겼는지도 모른다.

자식이 있으면 자식 눈치를 보느라 이런 욕심을 내지 못할 수도 있다. 그러나 나는 온전히 나 혼자이다. 한 집에서 사는 남자가 있지만, 엄밀히 따지면 2억 원을 주고 평생 밥을 해 주기로 한 계약자라고도 할 수 있다. 부부라는 살뜰한 정도 느껴보지 못한 채, 지금은 그저 한 지붕 아래 있는 남자 그 이상도 이하도 아니다. 그래서 거리낄 것이 없다. 그런 생각을 품고 출퇴근을 하고 어떤 때는 서점에도 가서 혹시 나처럼 산 사람들의 글이 있을까 기웃거리기도 했다.

그러던 어느 날이었다. 우연히 내 눈에 뜨인 책이 있었다. 『스마트 시니어 폰맹 탈출하기』. 제목을 보자마자 눈이 번쩍 뜨였다. 어느새 시니어가 된 나는 스마트폰도 제대로 사용할 줄 몰랐다. 그야말로 문자 그대로 폰맹이었다. 그런데 스마트 시니어가 될 수 있다니. 폰맹에서 탈출할 수 있다니! 알 수 없는 무엇에 이끌리듯 그 책을 집어 들었다. 스마트폰이 나를 업그레이드 해준다는 내용인데 궁금한 것은 못 참는 성격이라 책에 나온 번호로 전화를 걸었다.

수화기 너머 작가의 목소리가 마음에 들었다. 그래서 무작정 만나자고 했다. 사업을 하자는 것도 아니고 이제 망설일 이유도 없었다. 그렇게 그 책의 저자를 만났다. 그런데 핸드폰 교육도 하고 책 글쓰기 교육도 한다면서 나를 어딘가로 안내했다. 스마트폰으로 어떻게 글을 쓰지? 핸드폰으로 겨우 카톡을 보내고 문자를 보내는 수준인데 핸드폰이 책을 쓴다는 말일까?

내 삶을 남기는 방법에서 가장 기본적인 것이 글을 쓰는 일이었다. 그러나 나는 긴 편지조차 쓴 적이 없었다. 중학생 때였던가. 파월장병 위문편지를 썼을 때 나에게만 답장이 온 적이 있었다. 돌이켜보니 학교에 다닐 때는 글짓기도 좀 했지만 책을 쓸 수준은 못 되었다.

글을 쓸 자신도 없으면서 내 삶을 남겨보겠다는 생각은 그야말로 뜬구름 잡는 이야기나 다름없었다. 내가 유독 특별한 삶을 살아서 영화라도 만들 수 있는 것도 아니고, 기록을 남기려면 글밖에 할 수 없는데 내가 직접 글을 쓴다는 생각은 하지도 않았다. 그런데 스마트폰으로 책도 쓸 수 있다고 했다. 정말일까?

실제로 저자를 만나보니 별세계를 알게 되었다. 손바닥보다도 작은 스마트폰이 그야말로 요술상자였다. 저자와 이야기를 나누면 나눌수록 내가 폰맹이라는 말이 실감났다.

책쓰기 협회 회장을 맡고 있는 회장님의 글을 읽었다. 그 글을 읽는 순간 신비의 세상으로 가는 문 앞에 선 느낌이었다. 책 속의 글귀가 마치 나만을 위한 안내서인 것처럼 정성스럽게 읽었다.

65세 이상 시니어들의 온라인 쇼핑 같은 생활 속의 디지털 능력이 7% 정도에 그친다고 한다. 더구나 코로나 이후 비대면 사회가 급격히 진행되다 보니 QR코드를 찍지 못해 식당에도 못 들어가고 온라인으로 물건을 사거나 기차나 비행기 타기가 점점 어려워지고 있다.

2015년까지만 해도 핸드폰으로 책이나 글을 쓴다고 하면 이상한 사람이 아닌가 라는 말을 들었을 것이다. 그런데 이제는 그 말이 당연한 말처럼 들려야 하는 시대가 되었다. 책과 글쓰기에서 가장 시간이 많이 걸리고 중요한 것이 자료 수집이다. 넘쳐나는 온갖 인터넷 자료들, 동영상들 중 필요한 것을 핸드폰에 대고 찾으라고 지시하면, 바로 찾아서 그중 내가 원하는 부분만 복사해서 재사용할 수 있다.

책이나 글을 쓸 때 시니어들에게 가장 큰 어려움이 자판을 치는 일이다. 이제는 스마트폰에 말로 하면 문서가 작성되고 스마트폰으로 사진을 찍기만 하면 문서가 작성되는 시대가 되었다. 더구나 녹음을 하여 일일이 다시 딕테이션을 해야 하는 번거로움도 필요 없다. 녹음과 동시에 바로 문서로 작성되는 기능이 생겼다. 이런 기술들은

2007년도에 스마트폰이 처음 소개되어 이 세상을 바꾸어 놓았듯이 책 글쓰기 세상을 완전히 바꾸어 놓았다. 그것도 공짜로 제공되는 각종 앱들의 활용으로 가능하다.

그렇게 문서로 작성된 것을 디지털 목소리로 들을 수 있다. 핸드폰은 화면이 작지만 그 화면을 그대로 PC 모니터보다 훨씬 큰 TV로 보면서 교정도 가능하다. 일일이 원고를 보면서 고치는 것보다 몇 배 빠르고 훨씬 정확하기 때문에 눈이 나쁘거나 침침해서 어려움을 겪던 시니어들에게는 큰 도움이 된다.

이제는 외국어 공부도 별도로 필요하지 않아 외국어에 대한 두려움을 없앨 수 있다. 번역의 기능이 대폭 강화되어 지금은 300쪽에 달하는 책 한 권의 번역 초벌도 몇 시간이면 끝난다. 게다가 찍기만 해도 외국어가 문서로 저장되고 이를 번역기에 돌리면 몇 초면 끝난다. 그 번역 품질은 믿기 어려울 정도로 훌륭하며 104가지 종류의 언어로 짧은 글은 순식간에 번역을 해 준다.

-가재산 회장의 글 중에서

이 글을 읽으니 스마트폰으로 못하는 게 없었다. 신세계에 들어선 기분이었다. 무조건 강의를 들어보자. 그렇게 도전했다. 전문용어를 알아듣는 데도 며칠이 걸렸다. 묻고 또 묻고 물어도 돌아서면 깜깜이었다. 그런데도 자꾸 욕심이 생겼다. 막연하게 생각했던 내 삶을 정리하는 데 결정적인 역할을 스마트폰이 해주었다.

그래, 이걸로 한번 해 보지 뭐. 못할 게 뭐 있어? 죄만 짓지 않았으면 세상에 떳떳한 거야. 그간 내게 사기를 치고 힘들게 했던 사람들은 나를 구렁텅이에 빠뜨렸지만 이제와 부끄러울 것이 없었다.

그렇게 생각하고 내 삶을 정리하기 시작했다. 다시 돌이켜도 부글부글 화가 났던 장면 장면들을 다시 떠올리며 '그래, 잘 버텨주었구나. 이제는 천천히 욕심부리지 않고 살게.'라고 스스로에게 속삭이면서 지난 세월을 하나하나 곱씹는다.

나를 힘들게 했던 사람들은 잘 살고 있을까? 건강하게 살고 있을까? 남에게 당한 사람은 두 다리를 뻗고 자지만, 남의 가슴을 아프게 한 사람은 웅크리며 산다고 했다. 양심에 부끄럽지 않게 산다는 것. 그 이상이 있을까.

내 스스로 못 견뎌서 차버린 일들이 한두 가지가 아니지만, 적어도 나는 남의 마음에 상처는 주지 않고 살았다. 좀 더 여유롭게 살아보자고 발버둥을 쳤지만 남을 속이거나 최소한 등친 일은 없다. 그러니 떳떳하다. 떳떳하기에 나를 드러낼 수 있는 것이다. 남을 속이고 죄를 지었다면 숨기 바쁘겠지만, 내 욕심을 채우기 위해 다른 사람의 이익을 가로채지 않았다. 없으면 없는 대로 뛰쳐나와 또 다른 일을 찾아 정말 열심히 살았다.

책쓰기 강좌를 들으니 신기한 것들이 한둘이 아니었다. 스마트폰에 대고 말을 하면 글자로 변환되어 타자처럼 찍혔다. 아, 말로 해도 책이 만들어지는 이치였다. 그동안 막연하게 생각했던 내 삶을 본격적으로 정리하려고 달려들었다.

'그래. 잘난 사람만 글을 쓰는 시대는 아니지. 오히려 억울하게 살고 힘들게 산 사람들의 이야기를 읽는 사람들이 반면교사로 삼는 게 훨씬 더 중요해.'

자랑하는 책이 아니라 나처럼 힘들게 산 사람도 있구나 하고 위로를 받으며 나 같은 실수를 하지 않게 무언가 도움이 되는 책을 만들면 독자에게 더 소중한 책이 될 것이라는 믿음이 생겼다.

그래서 책을 쓰기로 했다. 가장 험난하게 야생마처럼 살아온 내 삶을 정리하기로 했다. 야생마처럼 자유롭게 질주는 못했지만 좌충우돌의 어처구니없는 실패의 역사는 보통 사람들보다 훨씬 이야깃거리가 많을 것이다. 화려한 골인은 못했지만 어렵게 어렵게 70여 년을 살아오면서 뒤를 돌아볼 만큼의 여유가 생긴 게 어딘가.

어제는 과거였고 오늘은 현재다. 이제 패기 있게 미래를 개척하기에는 기운이 없다. 그냥 순리대로 따라가려고 한다. 지나온 삶을 반추하며 스스로에게 잘 버텨냈다고 위로를 해주면서.

청소의 위대함

막상 책을 쓰겠다고 생각하니 70여 년을 살아오면서 내가 가장 많이 한 일은 무엇인가를 생각했다. 줄곧 뭔가를 이루겠다고 무작정 좇다가 실패를 거듭하면서 그 사이 나를 안정시켜 준 일이 있다면 그것은 바로 '청소'였다. 실패를 하고 나서 다음 일을 시작하기 전까지 허송세월 할 수는 없었기에 일을 찾다보면 으레 청소하는 자리를 쉽게 찾을 수 있었다.

전문직이 있는 것도 아니니 건강한 신체 덕에 쉽게 찾아지는 일이 청소였다고 생각하면 하찮은 직업이었다는 생각도 들었다. 내세울게 없다고 생각하면서도 지나온 삶이 너무도 처절하여 책이라도 쓰면서 나를 돌아보고 싶던 용기가 '청소'라는 단어에 점점 움츠러들었다.

나도 책을 낼 수 있을까? 정말 내 삶을 책으로 엮을 수 있을까. 때로 허황된 꿈처럼 느껴지기도 하던 중 시간을 내어 서점 몇 군데를 기웃거렸다. 혹시 청소를 소재로 멋진 책을 낸 사람이 있을까. 그렇게 마음먹고 서점을 둘러보던 어느 날 정말 멋진 책을 발견했다. 일본 작가가 쓴 『머리청소 마음청소』라는 책이었다. 곧바로 책을 사서 읽기 시작했다. 책 소개 글부터 마음에 와 닿았다.

청소를 시작한 순간,

당신의 인생이 바뀐다!

자전거 1대로 시작해 일본에만 605개, 해외에 15개의 점포를 거느린 일본의 대표적인 자동차용품 및 정비서비스 회사로 성장한 옐로우햇의 창업자. 가야마 회장의 성공비결은 바로 청소였다.

관심은 시선을 확대시킨다. 가야마 회장은 일본인이고

우리나라에서 청소로 성공한 사람이나 기업은 없을까 생각하며 시선을 넓혔다. 책을 내고 싶다는 생각은 청소로 성공한 사람을 찾는 행동을 하게 했고 그 행동을 통해 우리나라에서 청소로 성공한 구자관이라는 분이 있다는 사실을 알게 되었다.

그는 화장실 청소로 시작해 매출 2조의 기업을 일군 전설적인 인물이다. IMF 시절에도 직원들과 함께 위기를 헤쳐나갔고, 현재 회사의 모든 직원은 정직원이라고 한다. 가족들의 주식 지분까지 직원들에게 무상으로 나누어줬다고 하니 도대체 어떤 사람이 이렇게 할 수 있을까 무척 궁금해졌다.

여러 경로를 통해 찾아본 그분의 삶은 감히 나와 비교할 수도 없이 처참했다. 화상을 입고 죽음 같은 고통을 견디며 자살을 꿈꾸고 실행하려고 할 때마다 자살도 마음대로 안 되더라는 말을 들으면서 저절로 고개가 끄덕여졌다.

내가 청소 일을 하찮게 생각했던 것이 부끄러울 만큼 구자관 회장은 청소를 위대한 일로 여겼다는 점에 가슴이 뭉클했다. 그의 신념은 내 생각을 바꿔놓기에 충분했다.

"청소 일을 하찮게 생각하면 안 됩니다. 청소하는 분들이 없으면 우리가 좋은 환경에서 일을 할 수 있습니까? 나는 그런 생각에서 청소하시는 분들에게 꼭 여사님이라고 부릅니다."

구자관 책임대표사원은 삼구아이엔씨에서 일하는 직원들에게 20여 년 전부터 남자 직원은 '선생님', 여자 직원은 '여사님'으로 부른다고 했다. 또한 스스로를 '책임대표사원'이라고 칭하면서 회장이나 대표 직함을 사용하지 않는다고 한다. '직원 바라기'를 자처하는 그는 자신이 사원들을 대표해 모든 것을 책임진다는 뜻으로 책임대표사원이라는 직함을 쓴다고 한다. "매년 명함 비용만 6억 원이 넘지만 구성원의 자부심을 높일 수만 있다면 돈은 그다지 중요하지 않습니다."라고 강조했다.

내가 어릴 때만 해도 우리나라의 화장실 사정은 최악이었다. 가난한 동네에서는 공중변소를 이용해야 했고 아침에 가면 기다랗게 줄을 서서 용변을 봐야 했다. 냄새와 화장실 관리는 최악이었다. 어쩌다 시골 버스터미널에라도 가면 오물로 발 디딜 수 있는 공간도 없었다. 그랬던 우리나라의 화장실 문화가 오늘처럼 세계 어디에 내놓아도 자랑할 만한 환경이 된 것은 어쩌면 구자관 책임대표사원 같은 분이 있어서일지도 몰랐다.

국내와 일본에서 청소로 성공한 스토리를 알고 나니 나에게도 자긍심이 생겼다.

'청소를 하면 머릿속과 마음까지 깨끗해진다.'

'청소에는 세상을 바꾸는 무한한 힘이 있다.'

나에게도 청소는 힘이었다. 어질러진 물건들을 정리하고 더러운 곳을 닦을 때마다 현실의 아픔들을 잊어버렸고, 일을 다 끝내고 나면 내 몸과 마음도 깨끗해진 느낌을 받을 때가 많았다.

가야마 씨와 구자관 회장의 청소에 관한 이야기를 통해 그동안 스스로 절망적인 상태라고 느낄 때마다 해 온 청소라는 직업에 더욱 자긍심을 갖게 되었다. 어쩌면 그동안 수도 없이 당한 사기의 구렁텅이에 빠졌을 때마다 나도 모르는 사이 청소라는 일이 나를 일으켜 세웠다는 생각도 들었다. 내가 나의 일에 당당할 때 남도 나의 일을 존중하는 것일 테다. 내가 글을 쓰려고 하지 않았으면 이런 책을 읽게 되지도 않았을 것이고 구자관 회장의 스토리도 알 턱이 없었을 것이다. 이 모든 것을 감사하다고 느낄 수 있는 지금이 나에게 얼마나 소중한 시간들인가.

지금껏 많은 일은 선택하여 살아온 나의 행동에 감사하고, 책을 써보고 싶다는 막연한 생각으로 출발해 출판과 관계된 사람들을 만나 용기를 낼 수 있음에 감사하다. 그리고 글을 쓸 수 있게 도와준 모든 이가 감사하게 느껴진다. 작고 하찮은 일이라고 생각했던 청소의 위대함을 이렇게 깨닫게 된다. 결국 나를 일으키는 원동력은 청소였구나 스스로 위안을 얻는다. 마음이 저절로 편안해진다.

감사가 주는 행복

    내 삶은 멈추지 않고 형체도 없는 바람을 쫓아 어느새 70년을 넘게 살았다. 바람은 한 곳에 멈춰 있을 수 없다. 그것은 공기의 이동에 따라 생겼다 사라지고 사라졌다가 다시 일어난다. 크게는 태풍도 되고 때로는 산들바람이 되기도 한다. 어느 순간 달콤한 상황도 있어서 미풍인가 싶어 안도하면 금세 폭풍이 되어 나를 휘감고 곤두박질치게 했다.

    마음먹은 대로 세상일이 순순히 풀린다면 성공 안 할 사람이 있겠는가. 모두가 성공을 위해 줄달음질치는데 나는 그때마다 골인할 듯 말 듯하면서도 한 번도 멋진 골인을 한 적이 없다. 그러나 누구 탓을 할 수 있겠는가.

젊은 날 사주를 보러 갔을 때 팔자가 너무 기구하게 나와 차마 내게 말을 해줄 수가 없어서 그냥 돌려보내던 그 점쟁이가 용한 사람이었을지도 모른다. 아니면 태어날 때부터 쌍가마가 있어서 이미 파란만장한 삶이 예비되어 있었을까. 그래서 어머니는 어릴 때부터 내게 숟가락 도둑도 시키고, 꽃을 든 화동도 시키면서 거센 팔자를 순화시키려고 노력했을까. 쌍가마가 있다고 다 나처럼 세파에 맨몸으로 휘둘리며 살지는 않을 것이다.

자식도 없고 그렇다고 살뜰히 챙겨주는 남편 복도 없으니 칠순을 넘겨 오늘을 맞은 것은 그나마 건강복이 있어서라고 생각한다. 쉼 없이 일을 했으니 일로 다져진 건강이었는지도 모르지만 말이다.

한국전쟁이 발발하자마자 태어나서 농경사회를 지나 산업사회, 정보화사회, 디지털사회에 이어 현재는 AI 시대까지 살고 있다. 하지만 갈수록 세상은 급속하게 변하니 또 어떤 시대가 내 앞에 도래할지 모른다. 그래서 이제 건강이 허락하는 한 무모한 사업은 도전하지 않기로 했다. 일이 주어지면 그것에 만족하고 오늘을 살고 있다는 데 의미를 두고 싶다.

어쩌면 지금 곁에 있는 남자를 만난 것을 다행으로 여겨야 하나 싶기도 하다. 서로가 어려울 때 만나 잘 알지도 못하는 내게 당시로서는 무척 큰 액수인 2억 원을 맘대로 하라고 줄 수 있는 통 큰 남자를 만난 것은 지금 생각해도 아이러니다. 지금 한집에 사는 남자는 허리디스크로 고생을 하고 있다. 그도 그런 삶을 자신이 원했던 것은 아니듯, 나도 지금의 내가 원했던 삶은 아니다.

이제 내 집이 있고, 내 차가 있고, 내가 할 수 있는 일이 있으니 이만하면 행복하다고 해도 된다. 안분자족이란 말이 있지 않은가. 나보다 잘난 사람, 나보다 돈이 많은 사람, 그런 사람들을 쳐다보며 항상 허기진 삶을 살았다면, 이제 내 주변을 돌아보고 아래로 눈길을 주려고 한다. 오늘도 나보다 못한 사람들이 세상에는 많다. 집도 없고 몸도 아프고 기댈 곳이 없는 사람들도 있다는 사실을 인식하면 이제야 감사라는 단어가 자연스럽게 나를 일깨운다.

세상에 살 수 있게 나에게 생명을 주신 부모님은 내가

허덕이는 모습만 보고 눈을 감으셨다. 나에게 하냥 미안해하면서 그렇게 가신 것이 가슴 아프다. 영혼이 있다면 이제는 안정을 찾은 나를 보고 미소 지으시길 바란다. 제발 그랬으면 좋겠다.

　나이가 들면 부부 사이에도 측은지심으로 산다는 말을 실감하고 있다. 한집에 있는 남자는 때로 나에게 미안해하면서 지금이라도 좋은 사람 있으면 가라고 한다. 나이가 들었어도 때때로 여자의 본능이 그리울 때가 있다. 나도 내 맘에 쏙 드는 남자를 만나 꿀단지 같은 사랑을 나눠보고 싶은 마음이 어찌 없다고 할 수 있으랴. 아마도 이런 마음은 누구나 가지고 있을 것이다. 왜냐하면 세상에는 만족이란 것이 없으니까. 비단 여자뿐이랴. 남자도 어느 순간 그런 상상을 할 것이다. 마음에 꼭 드는 사랑스런 여자를 만나 단꿀이 뚝뚝 떨어지도록 세상에서 최고의 사랑을 나누며 살고 싶을 것이다. 여성이나 남성이나 이런 상상이 없으면 죽은 감정일 것이다. 실현 불가능하기에 꿈을 꾸는 것이다. 사람으로 태어나서 정말 멋진 상대를 만나 모든 것에 서로 만족하면서 사랑으로 살아낸다면 만족스러울까? 인간은 누구나 자기가 처한 상황에서 이상과 현실의 차이를 절감하며 살아내고 있다. 그러면서 상상으로라도 멋진 미래를 실현하고 싶어 꿈을 꿀 것이다.

한갓 꿈이라고 해도 그 꿈조차 없으면 살아 있다고 할 수 없다. 이제 와서 좋은 사람을 어디서 만난다는 말인가. 인생은 꿈을 꾸는 맛에 내일을 기다리는 것이 아닐까. 이제 내 꿈 중에서 가장 중요한 것은 맨 정신으로 건강하게 사는 일이다. 그것이 유일한 꿈이자 희망이다.

그런 생각을 하면서도 이상형을 만날 수 있다면 지금이라도 꿈같은 사랑을 해보고 싶다. 서로를 위로하면서 자유롭게 취미생활도 하고 여행도 하면서 외롭지 않게 살고 싶다. 그 꿈이 이루어지진 않겠지만 그래도 꿈마저 잃어버린다면 황량한 삶이 될 것이다. 빛의 속도로 변화하는 우리나라 대한민국에서 오늘을 맞는다는 것도 복이 아닐 수 없다.

감사할 일을 찾으려면 수도 없이 많다. 끼니 걱정을 하지 않는 것, 마음대로 두 발로 다닐 수 있는 행복, 하고 싶은 일을 할 수 있는 자유 등. 그리 큰 돈을 들이지 않고도 취미생활이나 배움을 즐길 수 있게 된 현대사회는 많은 혜택을 누릴 수 있다. 문화센터에 가면 저렴한 돈으로 새로운 것을 배우면서 취미생활도 할 수 있다.

감사하는 마음을 가지면 내 가슴이 먼저 따뜻해진다. 자고 나면 시끄러운 세상이 아닌가? 지구촌 곳곳에서 기후 위기로 폭염에 아까운 목숨들이 사라지고, 또 어디에서는 물폭탄으로 아수라장이 된다. 어딘가에서는 화산이 폭발하고, 지금도 세계는 전쟁이 끊이지 않는다. 그러니 지금 내가 발을 딛고 있는 이 땅에서 맑은 공기를 마시며 운동을 하고, 어디를 가나 깨끗이 정리된 거리와 공원, 문화 공간들을 만날 수 있다는 것은 엄청난 행운이자 축복이다. 나만 부지런하면 하고 싶은 것들을 마음껏 하며 살수 있는 세상이 된 것이다.

이제야 안정을 찾았다고 할까. 칠순이 넘어서야 빚쟁이에서 벗어났다. 항상 나를 옥죄었던 빚. 그 빚을 갚기 위해 한평생 가시밭길을 정신없이 뛰었다고 생각한다. 이제 그 빚이 없어서 홀가분하다. 그래서 감사할 수 있다. 철이 들었다고 할 수도 있겠다. 감사를 하는 마음은 평온하고 기쁘다. 감사는 내 마음을 사랑하는 일이고, 내 삶을 사랑하는 것일 게다. 오늘도 감사할 일들을 하나씩 찾아보며 내 마음이 먼저 따뜻해지는 것을 느낀다. 세상 사 마음먹기 달렸다는 지극히 평범한 말이 이제야 가슴 에 와 닿는다.

날마다 하루를 살아내는 일에 감사하다고 생각하기로 하자. 날마다 잠자리에 들면서 오늘도 행복했다고 스스 로에게 최면이라도 걸기로 하자. 모든 삶의 시작은 마음 이 먼저 아닌가. 마음으로 먼저 긍정하고 그 다음에 온몸 으로 전이되는 긍정 마인드를 즐기자. 나를 위한 주문처 럼 날마다 행복한 마음 에너지를 내 몸에게 주기로 하자. 그것이 지금의 나를 살게 하는 힘이고, 이제는 다른 이에 게도 힘이 되길 바란다.

감사라는 말이 내 삶과는 거리가 멀다고 생각했는데
돌아보니 이제는 참으로 감사할 것들이 많다.

인생이라는 꽃밭을
청소합니다

© 조현옥, 2024

1판 1쇄 인쇄__2024년 10월 05일
1판 1쇄 발행__2024년 10월 15일

지은이__조현옥
펴낸이__홍정표

펴낸곳__작가와비평
　　　　등록__제2018-000059호

공급처__(주)글로벌콘텐츠출판그룹
　　　　대표__홍정표 **이사**__김미미 **편집**__임세원 강민욱 남혜인 홍명지 권군오
　　　　디자인__가보경 **기획·마케팅**__이종훈 홍민지
　　　　주소__서울특별시 강동구 풍성로 87-6
　　　　전화__02-488-3280 **팩스**__02-488-3281
　　　　홈페이지__www.gcbook.co.kr **메일**__edit@gcbook.co.kr

값 16,000원
ISBN 979-11-5592-347-4 03810